App ins Glück
Installieren – Herz verlieren

Planet Girl

Kämm mich, färb mich, Kittykätzchen

Die letzten Tropfen plätschern aus dem Duschkopf. Orangefarbenes Wasser fließt in den Abfluss. Knallorange.

Okay, sage ich mir. *Nach dem Färben sieht das Wasser ja immer viel krasser aus als das Ergebnis auf dem Kopf. Hoffentlich.* Ein wenig nervös trockne ich mich ab. Vor der Dusche zappelt meine beste Freundin Kara herum.

»Zeigen, zeigen, zeigen, Honey!«

»Moment«, murmle ich, wickle mich in ein Handtuch und schlinge mir noch eins um die Haare.

Wie erwartet platzt Kara fast vor Neugier. Aber ich spanne sie noch eine Weile auf die Folter, denn ich muss schließlich auch warten, bis wir den Dampf vom Spiegel gewischt haben. Der beschlägt jedoch gleich wieder, deshalb flitzen wir im Eilschritt zum Spiegel in meinem Zimmer.

»Auf drei?« Ich greife nach dem Handtuchzipfel.

Gemeinsam zählen wir den Countdown: »Drei, zwei, eins!«

Die Welt versinkt in grellem Orange. Es sieht aus, als würde mein Kopf in Flammen stehen. Die Farbe frisst sich geradezu in die Augen rein. Meinem Spiegelbild ist die Kinnlade heruntergefallen.

»Hilfe!«, wispere ich.

Kara grinst über meine Schulter und hüpft wie ein Flummi auf und ab. Klar! *Sie* sieht ja auch völlig unorange aus und wie immer just perfect. Wenn ich sie wäre, würde ich auch über meine Schulter grinsen und mich auf das nächste Date freuen.

»Oh, das ist soooo sweeet!«, flötet sie. Ihre zentimeterlangen Wimpern durchschneiden die Luft wie blaue Säbel. Das perfekte Weizenblond ihrer hüftlangen, sanft gewellten Haare schimmert wie die Sommersonne neben meiner spaghettiglatten Möhrenexplosion.

Innerlich bereite ich mich auf eine Kandidatur für Miss Sonnenuntergang vor. Nein, besser schon auf die Siegeransprache. Mit der Farbe kann ich gar nicht verlieren.

Kara stupst mich an und verbreitet weiterhin ehrliche gute Laune. »Honey. Das passt wundervoll zu deinen grünen Augen! Cat Women. Chhhhh!« Sie faucht niedlich und fährt mit ihren langen Fingern durch die Luft.

Seit sie regelmäßig mit ihrer Cousine in New York chattet, wirft sie mit englischen Zuckerwatteworten um sich. Gegen meine Verzweiflung hilft das aber nicht und gegen die Haarkatastrophe erst recht nicht. Mir wird schlecht.

»Wenn ich so in die Schule gehe, gibt es Feueralarm«, versuche ich es mit Galgenhumor. Der hilft mir nur nicht gegen den dicken Kloß in meinem Hals. Jetzt bloß keine Tränen, Fee! Aus, pfui, nicht heulen!

»Oh nein, Honey! Die Jungs finden rote Haare sexy, einfach zum Anknabbern.«

»Aber ich wollte doch nur einen leichten Rotschimmer und jetzt kann ich nach Borneo fliegen und mich als

Orang Utan auswildern lassen.« In Gedanken höre ich, wie Paul *Fünfzehn Jahr, rotes Haar* oder etwas von ähnlich flachem Kaliber über den Schulhof schmettert. Diese nervige Schmeißfliege hält sich selbst nämlich für total witzig – und aus mir unverständlichen Gründen finden das alle anderen auch.

Mit einer zierlichen Bewegung schüttelt Kara den Kopf. Sie legt mir die Arme um die Schultern, was nur funktioniert, weil sie auf einem Hocker steht. »Honey«, sagt sie fest und bestimmt, ihre Schläfe stößt gegen meine. »Schlaf eine Nacht drüber. Morgen früh wirst du bestimmt ganz verliebt in diese zauberhafte Haarfarbe sein.«

»Bist du so nett zu mir, weil ich schon unter Artenschutz stehe?«

Normalerweise ist Kara der Typ nervöses Rennpferd und ich bin die ruhige Schulter für sie. Allein schon deshalb, weil ich fast einen Kopf größer bin. An mich kann sich dieses winzige Energiebündel gut anlehnen.

Sie drückt mich noch einmal fest und nickt unserem Spiegelbild aufmunternd zu. Dann checkt sie irgendwas auf ihrem Handy, vielleicht macht sie das nächste Date klar. Ich weiß gar nicht, woher sie die ganzen Jungs immer nimmt und wohin sie die wieder abserviert.

»Ach, Fee, das ist viel aufregender als das öde Dunkelblond. Und mit ein bisschen Sommersonne wird das so«, Fingerschnippen, »schnell wieder weg sein. Die Sonne bleicht das Henna wieder aus. Summer is coming, Honey!«

Ein dramatisches Stöhnen von mir ist die einzige Antwort, die ich ihr gebe. Ich muss erst mal nach Luft schnappen. Drüber schlafen, in Ruhe bei Tageslicht anschauen, das Beste daraus machen, blah blah blah – sie hat gut reden.

Mit der leeren Hennapackung fächle ich mir Luft zu. Kara und mein Verstand sind derselben Meinung. Aber mein Magen nicht und der wird unterstützt von dem dicken Heulkloß in meinem Hals. Verstand gegen Emotion, der ewige Konflikt. Man kann sie weder versöhnen noch unter Kontrolle halten. Das haben sie mit widerspenstigen Haaren gemeinsam. Einerseits hat Kara recht, andererseits ist es ja nicht sie, die sich mit dieser Fantafrisur sehen lassen muss.

»Kein Junge, der nur halbwegs was im Kopf hat, schaut sich so eine Möhre wie mich an! Und die anderen erst recht nicht«, jammere ich.

Morgen, ja, morgen wird mein Kopf wieder klar wie ein Wintermorgen sein. Mit feurigem Sonnenaufgang und allem Drum und Dran. Aber jetzt heule ich wie ein angeschossener Wolf und aus vollem Herzen: »Naaahhhheeeein!«

Nach zwei Urschreien geht es mir etwas besser.

Mann, wie konnte ich mich nur von Kara dazu überreden lassen, mit Henna zu färben? Das Zeug hält ewig. Eine einfache Tönung hätte es doch auch getan. Aber nein, ich muss mit der neuen Haarfarbe ja gleich den Bund fürs Leben eingehen. Es gibt so Ideen, da weiß man eigentlich schon vorher, dass sie strohdoof sind – und trotzdem hört man dann wieder nicht aufs Bauchgefühl.

»Cheeeese!«, trällert Kara, dreht mein Gesicht zu sich um und schießt ein Foto.

Wie von der Tarantel gestochen fahre ich herum. »Hast du sie noch alle?«, knurre ich sie an und versuche, ihr das

Handy abzunehmen. Aber Kara ist flinker als ein Wiesel. Kein Wunder, denn sie tanzt Ballett, seit sie laufen kann.

»Mönsch, Fee, so was würde ich doch niemals rumzeigen! Honey, das ist nur für uns!«

Ganz un-feenhaft bin ich gerade kurz davor, Kara in meinen Schrank zu stecken und sie erst wieder rauszulassen, wenn auch *ihre* Haare mit dem *rassigen Rot des Orients* Bekanntschaft gemacht haben. Pulver ist noch genügend da.

Mühsam dämpfe ich meine Rachegelüste, aber das Schnippische kann ich nicht komplett aus meiner Stimme verbannen. Meine Arme malen dramatische Kreise in die Luft. »Und wozu brauchst du ein Foto von dieser Farbkatastrophe? Weißt du was? Ich mache lieber eins von dir und dann klebe ich an jede Laterne ein Fahndungsplakat: Warnung! Lasst diese Frau nicht an eure Haare!«

Kara lächelt mit ihrem Kirschmund wieder dieses herzige Lächeln. Es ist so zuckrig, dass andere Mädchen Diabetes davon bekommen, Jungs gegen Laternenpfosten laufen und Lehrer vergessen, weshalb sie sich gerade noch über sie geärgert haben.

Wenn man sie noch nicht kennt, denkt man, sie wäre eine totale Fashionista und Zicke. Der erste Eindruck täuscht allerdings ganz schön und manchmal auch noch der zweite oder dritte.

„Wenn wir das Foto in ein paar Wochen ansehen, wirst du hin und weg davon sein, wie wild und erwachsen du aussiehst. Die Farbe ist echt sweet. Du wirst morgen alle umhauen!«

»Blenden, meinst du.«

»Ach, sei nicht so pessimistisch!« Wimpernklimpern.

Die Cat Woman in mir ist kurz davor, ihre Klauen auszufahren. »Kara, schnapp dir den Essig und fang an, die Fliesen zu schrubben. Meine Mutter köpft uns sonst beide. Ich muss das hier«, dabei ziehe ich meine Haare wie Spaghetti Bolognese in alle Richtungen, »erst mal verkraften.«

»Ohne Kopf kein Haarproblem mehr.« Kara zieht eine Schnute. Sie ist es nicht gewöhnt, Befehle zu bekommen. Normalerweise würde ich sie nie in einem solchen Tonfall zum Putzen verdonnern. Aber jetzt herrscht Ausnahmezustand. Deshalb zischt sie auch schmollend ins Bad ab.

Jetzt, wo ich Kara für einen Moment los bin, schnappe ich mir mit zittrigen Fingern mein Handy. Mein Herz klopft bis zum Hals und es dauert gefühlte Stunden, bis die App endlich startet. Im Menü meines Handys heißt sie schlicht *Sweet 16*. Ein Codename. Sie wird nicht mehr und nicht weniger tun als mein Leben komplett verändern. Denn in sechzehn Wochen ist mein sechzehnter Geburtstag. Für jede Woche habe ich mir ein Ziel gesetzt. Damit werde ich endlich cool, interessant und beliebt werden und über mich hinauswachsen. Und wenn ich das geschafft habe, bin ich bereit für einen Traumprinzen.

Auf dem Bildschirm erscheint ein rassiges Comicmädchen, eine Mischung aus einer jugendlichen Penelope Cruz und Emma Watson. Ihr wildlockiges Haar ist aufgesteckt, als könnte man solches Traumhaar bändigen. Dazu trägt sie eine schicke Bluse und einen Schottenrock. Sie fläzt sich dekorativ auf einer Psychiatercouch. Ich stutze kurz, weil sie eigentlich ein Business-Kostüm anhaben sollte.

»Ach«, begrüßt sie mich und ihre dunklen Augen funkeln. »Traust du dich endlich, mich einzuschalten?« Mit einer Eleganz, die selbst Kara verblüffen würde, erhebt sie sich von der Couch.

»Hallo, Elaine«, flüstere ich. »Habe ich Punkt 1 der Liste geschafft?«

Elaine zieht die Nase kraus, lehnt sich vor und scheint zu grübeln. So wie ich jetzt, muss sich die böse Königin aus Schneewittchen fühlen, wenn sie Tag um Tag auf das Urteil ihres Spiegels wartet. Elaine ist für mich so eine Art Spiegel, den ich um Rat fragen kann. Außerdem ist sie für die nächsten vier Monate mein persönlicher Coach. Und sie ist der Avatar mit dem größten Kleiderschrank. Jedenfalls ist ihrer weit größer als meiner. Gleich wird sie kein Blatt vor den Mund nehmen und mir die ungeschönte Wahrheit sagen. Möglicherweise scheitert mein gesamter Plan bereits an der ersten Aufgabe und ich werde niemals das Mädchen sein, das bei den wirklich tollen Jungs landen kann.

Bevor ich anfange, in Selbstmitleid zu baden, sieht Elaine mich durchdringend an. »Wie bist du auf Rot gekommen?«

»Soll das heißen, dass ich durchgefallen bin?«

»Aber nicht im Geringsten!« Elaine lacht dunkel. »Ist nicht wirklich eine Farbe für eine Ballkönigin, aber – hey! – immerhin hast du dich was getraut und was Neues ausprobiert!«

Ich verdrehe die Augen. »Wer hat dich bloß so motivierend programmiert?«

»Erde an Fee: Schau in den Spiegel. Das warst du selbst. Herzlichen Glückwunsch: 6,25 Prozent der Liste geschafft. Noch sechzehn Wochen und 15 Punkte zu erledigen. Wie wäre es heute mit dem Sportprogramm ...«

Da ich Karas Stimme aus dem Bad höre, schalte ich

schnell das Handy aus. »Honey!«, klagt Kara. Sanft, aber ungehalten. »Honey, das Zeug geht sooooo schlecht weg.«

Vorsichtig linse ich um die Ecke. Kara hängt tatsächlich über dem Badewannenrand und versucht, die Hennaflecken wegzuschrubben. Selbst beim Putzen sieht sie umwerfend aus. Eine zierliche Göttin, die einfach alles hinkriegt.

Gemeinsam scheuern wir eine ganze Weile lang Badewanne und Fliesen, bis alles glänzt und kein noch so winziger Fleck mehr zu sehen ist. Wir schnaufen durch, machen uns einen Eistee und erholen uns danach am Computer. Denn egal, mit welchen Engelszungen Elaine und Kara auf mich einreden: Mit fantafarbenen Haaren gehe ich nicht vor die Tür!

»Schwimmbad.« Kara kräuselt ihr Näschen und kaut angestrengt auf einem Kirschkaugummi, während sie einen Suchbegriff nach dem anderen in Google eingibt. »Chlor ätzt alles raus.«

Ein Blick auf die Uhr versetzt mich in Panik. »Okay, Chlor, machen wir. Pack die Badesachen, das Schwimmbad macht in einer Stunde zu!« Ich knete meine Hände und bin schon halb dabei, meine Tasche zu schnappen.

Doch Kara ignoriert mich einfach. »Schreib mit, Honey. Wir probieren erst ein paar andere Sachen aus. Hier steht was von Essig und Zitronensäure. Was bei Badewannen funktioniert, klappt garantiert auch bei Haaren.«

»Ha, ha.« Ist ja mein Kopf, nicht ihrer ...

»Awww!« Sie hat Lord und Lady entdeckt, unsere zwei weißen und unheimlich frechen Burmilla-Katzen. »Kittykittykitty.«

»Hey, meine Haare!«, motze ich. Aber keine Chance: Die

Anziehungskraft der Katzen ist zu stark. Das große Kraulen beginnt und mein Zimmerboden füllt sich im Handumdrehen mit Katzenhaaren. So süß die Maunzer auch sind, ein Boden voller weißer Haare geht gar nicht. Alle meine Klamotten werden wieder voll damit sein.

»Hier ist No-Streichel-Zone!«

Kara und die Burmillas schnurren sich gegenseitig an, sodass ich entnervt mein Handy aus der Tasche krame. Es muss doch irgendein Mittel geben, um dieses Orange loszuwerden.

»Schuppenshampoo mindestens eine halbe Stunde lang einwirken lassen«, lese ich laut vor.

Schnurren. Niemand hört mir zu.

»Ich geh' dann mal ins Bad. Will mir jemand helfen?«

»Awww, ihr zwei Felliknäuli, sweetybeety, kittykitty«, ist mir Antwort genug. Ich bin beleidigt und verkrümle mich.

»Ist das zu fassen?«, stöhne ich und schnappe mir mein Handy.

Elaine zuckt nur mit den Schultern.

»Es wäre schön, wenn irgendjemand wenigstens ein bisschen Mitleid mit mir hätte.«

»Reicht dir dein Selbstmitleid nicht?«

»Elaine!«

»Du brauchst kein Mitleid, Fee, du brauchst Vertrauen in dich.«

»Ja klar, aber ich finde schon, dass ich es verdient habe, dass jemand mal ein bisschen ...«

»Nein!«

»So ein kleines ...«

»Vergiss es!«

»... ganz, ganz kleines ...«

»Auf gar keinen Fall!«

»... bisschen ... Hast du nicht doch ...«

»Ganz sicher nicht. Du weißt, dass du es da drin«, sie klopft sich theatralisch auf die Herzgegend, »draufhast.«

»Wenn du meinst.« Resigniert lege ich das Handy mit der Kamera nach unten auf den Klodeckel, ziehe mich aus und klettere wieder in die Dusche.

Zuerst versuche ich es mit Shampoo und Essig. Ich schäume mir die Haare ein und beobachte, wie das Wasser an mir herunterfließt. Ein wenig orangefarbener Schimmer spült sich mit aus. Sehr gut. Dann kippe ich Mamas Apfelessig über meine Haare. Das Zeug riecht widerlich. Sauer und süß und irgendwie bäh. Ein anderes Bäh als der Kuhdungduft, den das Henna verströmt, aber das macht es nicht besser. Wie lange soll ich den Essig einwirken lassen? Fünf Minuten? Zehn? Eine Uhr habe ich nicht zur Hand und auch keine Lust, nach Elaine oder Kara zu rufen. Also halte ich so lange durch, bis mir vom Gestank übel wird. Während ich das Zeug unter dem eiskalten Wasserstrahl auswasche, wird mir ganz elend zumute. Ich friere und würde am liebsten einfach die Welt anhalten und aussteigen. Aber die Welt hat keine Handbremse, und so geht das Leben mit vollem Tempo weiter.

Mittlerweile klappern meine Zähne und mein Körper ist übersät von Gänsehaut. Hätte ich nur nicht in dieser Zeitschrift geblättert. Dort stand nämlich: *Heiß Duschen ist schlecht für den Kreislauf, schlecht für die Haut und es trocknet die Haare aus.* Deshalb verzichte ich diesmal auf heißes Wasser.

Wer schön sein will, muss leiden, denke ich bibbernd. Ich seufze so laut, dass sogar Kara und die Katzen verstummen. Bestimmt lauschen sie, ob ich mich vielleicht in der Duschtasse ertränkt habe, nur um morgen nicht zur Schule zu müssen. Verflixt, wo ist der Retter auf dem weißen Pferd, wenn man ihn braucht? Um mich aufzuheitern, mache ich mir warme Gedanken. Mit Schulschwarm Jonas würde ich sofort einen Weltrekord im Dauerduschen unter Eiswasser aufstellen. Ich habe eine Vision davon, wie er neben mir steht. Das Wasser perlt aus seinen hellen Haaren über sein Gesicht. Sein Finger streicht mir eine orangerote Strähne von der Schulter. »Ich habe es noch keinem erzählt«, raunt er mit seiner sexy Stimme, »aber ich träume von einem wunderschönen Mädchen wie dir, mit knallroten Haaren.«

»Honey, du erfrierst!«, höre ich Karas Stimme durch die Badtür, begleitet vom emsigen Schnurren der beiden Katzen.

Sie hat recht. Irgendwann muss ich hier raus. Außerdem ist es verflixt noch mal zu kalt, um mich hier für die nächsten Monate zu verstecken und von Jonas zu träumen. Der Spiegel zeigt mir sofort die bittere Wahrheit: immer noch alles orange.

Verzweifelt schaue ich auf mein Smartphone. Welches Mittel kann mich noch retten?

Statt der recherchierten Tipps erscheint Elaine. Sie hüllt sich in ein flauschiges, strahlend pinkes Handtuch und sitzt auf dem Rand einer altmodischen Badewanne mit Löwenfüßen. Mit dem Fön trocknet sie ihre Haare: Die hat sie sich ebenfalls in beißendem Orange gefärbt. Keine Ahnung, wie sie das anstellt. Eigentlich hatte ich nur Klamotten für sie entworfen und ein paar Hintergrundbilder.

»Hey, Ex-Dunkelblondie!« Flammenhaarschütteln. »Du willst diese aufregende Farbe doch nicht auswaschen und zurück zu langweilig und bieder?«

Mir bleibt der Mund offen stehen. Das ist *meine* App! Von mir entworfen und programmiert. Was bildet die sich eigentlich ein?

Elaine zwinkert mir zu, mit ihren perfekten Smokey Eyes. »Säure und Henna ... da wird die Farbe übrigens noch leuchtender. Dafür sorgt die Essig-Spülung für kuschelweiche Haare. Aber bitte verdünn sie das nächste Mal.«

Ich schnappe nach Luft. Mein Arm bebt, so viel Mühe gebe ich mir, das Handy ganz langsam auszuschalten und hinzulegen, anstatt es einfach in die nächste Ecke zu donnern.

Kara klopft vorsichtig an die Tür. »Mit wem redest du, Honey?«

»Mit dem Duschvorhang.« Ich wäre jetzt gerne so ein fieser, kleiner Fußhupenhund und würde jemanden in die Wade beißen. Hach, würde das guttun!

»Okay, nicht aufregen! Hey, meine Tasche!« Rennen auf dem Flur. Fauchen. Stolpern. Englische Flüche. Sie könnte mich auch mal ein wenig bemitleiden oder unterstützen, statt die Katzen zu bespaßen.

Nächster Versuch. Schnell werfe ich mich in meine Klamotten. Für heute habe ich lange genug unter der Dusche gefroren. Dann verteile ich großzügig das Schuppenshampoo meines Vaters im Haar und wickle den Rest Frischhaltefolie von der Färbeaktion um meinen Kopf. Das wird eine lange und nasse halbe Stunde, in der ich jede Minute der Versuchung widerstehen muss, nachzusehen, ob die Farbe schon raus ist. Zur Ablenkung schieße ich ein Foto, wie Kara mit den Burmillas um den winzigen Plüschtiger an ihrem Schlüsselbund kämpft. Und weil ich mal wieder zu nett bin, schicke ich das Bild nur an unsere besten Freundinnen Sabs und Charly.

Natürlich war Papas Schuppenshampoo auch ein Fehlschlag. Wahrscheinlich hat sich das Henna schon tief in meinen Kopf gefressen, wie ein Pilzgeflecht. Ich kann fast spüren, wie sich mein Hirn ebenfalls orange färbt. Nach dem Trocknen strahlen die Haare jedenfalls so sehr, ich gehe jede Wette ein, sie leuchten sogar im Dunkeln.

Ma schaut mich seltsam an, als ich mit einem riesigen Handtuchturban auf dem Kopf am Esstisch erscheine. Schnell lenke ich sie ab und schiebe Kara in ihre Richtung.

»Kara darf doch bei uns essen, ja?«

»Hallo, Frau Schmalmich«, sagt Kara artig und lächelt dieses Lächeln, mit dem sie selbst hungrige Wölfe in handzahme Schmusewelpen verwandeln könnte. »Hallo, Herr Schmalmich. Hi, Felix.« Zuckermoleküle schwirren durch den Raum.

Ah, mein Bruder. Schleicht gerade noch rechtzeitig rein, mit seinem nerdigen Metal-Shirt. Er könnte sich doch auch mal in einem normalen Shirt sehen lassen.

Trotz unserer gelegentlichen Meinungsverschiedenheiten in Stilfragen herrscht zwischen uns geschwisterliche Einigkeit darüber, dass wir beide uns heute lieber in unseren Zimmern verkriechen würden. Ein schneller Blickwechsel, ein unhörbares Seufzen. Wir wissen allerdings genau, dass Ma es gernhat, wenn die Familie abends zusammen isst. Neinsagen ist keine Option, weil ich mir dann ein Butterbrot schmieren müsste. Und Butterbrot essen, wenn man krosse, selbst gemachte Pizza haben kann? Nix, nada, keine Chance.

Gelegentlich bleibt Kara zum Essen. Sie genießt das richtig, wenn alle um einen Tisch sitzen. Ich finde es furchtbar altmodisch. Wenn sie könnte, würde sie wahrscheinlich jeden Abend bei uns sein. Wenn *ich* könnte, würde ich jeden Abend mit ihr den Platz tauschen. Ihre Eltern gehen mit ihr entweder in ein schickes Lokal oder hinterlassen einen Zettel am Kühlschrank, weil sie wieder einen wichtigen Termin haben: *Sorry, Darling, auf dem Tisch liegen 10 Euro, lass dir eine Pizza kommen / schau in die Tiefkühltruhe / wärm dir die Rouladen von gestern auf. Küsschen, Mutsch.*

Und bis zum Einschlafen hat sie dann oft ihre Ruhe. Für so ein Leben würde ich meine Ma jederzeit *Mutsch* nennen und mich in *Darling* umtaufen lassen. Ja, ich glaube, ich würde sogar freiwillig Ballett tanzen, wenn ich dafür fast jeden Abend machen könnte, was ich will. Nur wäre ich nicht so verrückt wie Kara, mir die Langeweile mit Lernen zu vertreiben.

Während Kara unsere Eltern mit Small Talk unterhält, können Felix und ich uns ganz der Pizza widmen. Sie ist eine glänzende Unterhalterin, und hätten wir nicht eine dermaßen leckere Pizza auf dem Tisch, sie würde gar nicht mehr mit dem Reden aufhören. Ab und an schielt ein Familienmitglied zu dem Handtuch auf meinem Kopf, aber jeder tut so, als wäre es völlig normal, wie ich aussehe. Ich überlasse es Kara, meine Familie zu unterhalten, und beobachte Lord und Lady, wie sie vergeblich um den Tisch schleichen. Meine gesamte Denkkapazität ist damit beschäftigt, eine Lösung für mein Haarproblem zu finden.

Gerade höre ich noch ein: »... sieht sooo lovely aus!«, da reißt mir Kara auch schon mit einem Ruck den schützenden Turban vom Kopf. Ein Meer aus brandroten, feuchten Strähnen wirbelt um mich herum.

Meine Eltern schnappen nach Luft, von Felix höre ich ein anerkennendes: »Wow!«

Meine Mutter kichert. »Oh, Schatz, du hast doch nicht etwa mit Henna ...?«

»Ja, verflixt!«, kreische ich. Die ganze Flut meiner trüben Gedanken bricht aus mir heraus: »Die Farbe ist misslungen und ich bin total fertig. Könnt ihr euch vorstellen, wie es ist, morgen so in die Schule gehen zu müssen? Und diesen ganzen Sommer zu überleben?« Meine Stimme bricht, im Hals steigt jetzt doch ein Schluchzen nach oben, meine Sicht verschwimmt.

»Ach, Spatz, das tut mir leid.«

Wenn ich mir fest auf die Zunge beiße, muss ich vielleicht nicht heulen. »Was glaubst du, wie leid *mir* das tut?«, bringe ich heraus. Wenn sie jetzt rüberkommt und mich in den Arm nimmt, dann flenne ich garantiert los. Gerade tue ich mir einfach nur unendlich leid.

»Die Farbe steht dir«, sagt Felix. »Wenigstens siehst du nicht mehr aus wie die ganzen Klone in deiner Klasse.«

Selbst mein Vater hat diesmal eine Meinung. »Finde ich auch. Das ist doch mal was anderes. So frisch und ... bunt.«

Ma holt tief Luft, schaut einmal in die Runde. Dann lässt

sie die Luft wieder ab und sagt etwas, das ich von ihr nicht erwartet hätte: »Spatz, möchtest du darüber reden oder einfach nur deine Pizza in deinem Zimmer fertig essen?«

Ohne noch etwas zu sagen, nicke ich, schnappe mir meinen Teller und renne los. Meinen Kummer kann nur richtig laute Musik übertönen. Zu allem Überfluss rät Elaine mir, es mit einem Piratenkopftuch zu versuchen und endlich mit dem Sportprogramm zu beginnen. Alles klar. Dann versinke ich mit dem Gesicht tief in meinem schneeweißen Kuschelteppich. Als ich ganz unten bin, auf dem Grund meines Sees aus Selbstmitleid, kratzt es an der Tür. Jemand schiebt ein Foto darunter hindurch. Es segelt weit über den Korkboden und strandet neben mir auf dem Teppich. Vor einem blühenden Kirschbaum steht ein Mädchen mit säuerlichem Gesichtsausdruck, so in meinem Alter. Aus dieser Perspektive steht sie auf dem Kopf.

Für eine Sekunde denke ich, es wäre ein Bild von mir, aber die Klamotten sind ganz anders: Orangefarbene Schlaghosen und eine weiße, über und über bestickte Bluse. Sibirische Folklore lässt grüßen. Auf den langen, brennend orangefarbenen Wellenhaaren thront ein merkwürdiger zerknautschter Hut.

Mit spitzen Fingern nehme ich das Foto in die Hand und schaue es noch einmal richtig herum an. Jetzt muss ich doch lachen. Ma war auch mal ein Hennaopfer.

Neues aus Fees fabelhaftem Atelier:

Liebe Kreative!

Schön, euch zu sehen. Ich bin Fee und heute geht es um mich und um diesen Hut hier. Dies hier ist mein Vlog, mein Videoblog. Darin geht es um das Aufpeppen alter Sachen. Es ist ganz einfach und macht viel Spaß ...

*

Ich nehme den Hut vom Kopf und drehe ihn vor der Kamera. Es ist ein alter, schwarzer und etwas schlappiger Hut.

*

Als ich klein war, habe ich den meinem Opa abgeschwatzt. Er wollte das gute Stück entsorgen. Ich habe also diesen Hut ergattert und als Kind habe ich ihn heiß und innig geliebt. Er war mir natürlich viel zu groß, und als er mir dann passte, fand ich ihn total langweilig und altmodisch. Aber er ist von meinem Opa und da konnte ich ihn nicht einfach wegschmeißen. In irgendeiner Zeitschrift habe ich übrigens gelesen, dass so ein Indiana-Jones-Schlapphut *Fedora* genannt wird.

Heute verwandele ich das Teil in etwas, unter dem ich diese Farbkatastrophe verstecken und mich wieder in der Öffentlichkeit blicken lassen kann.

*

Mit Zeige- und Mittelfinger fahre ich unter meine Fantahaare und halte sie in die Kamera. Dann nehme ich ein Satinband im Schottenrockdesign zur Hand und wickle es um den Hut. Während ich es vorsichtig an dem alten Filz festklebe und eine winzige, akkurate Schleife binde, rede ich weiter.

*

Ich werde übrigens in ziemlich genau sechzehn Wochen sechzehn Jahre alt. Dieser Geburtstag verändert alles. Mit Sechzehn darf ich in die interessanten Kinofilme und endlich in eine richtige Disco – also, ganz offiziell, ohne Tricks! Sechzehn, das ist so ein bisschen am echten Leben schnuppern, ohne gleich den vollen Ernst abzubekommen. Darauf muss ich mich gründlich vorbereiten und die alte, langweilige Fee gegen eine Fee tauschen, die ernst genommen wird, die weiß, was sie will und wer sie ist.

Wer Fee jetzt ist? Leider ist Fee nicht der Name, der auf meinem Ausweis steht. Meine Eltern wollten besondere Namen mit Bedeutung. Deshalb heißt mein Bruder Felix und ich Felizitas. *Der Glückliche* und *die Glückliche* – wie glücklich uns das macht, könnt ihr euch denken! Wir sind nicht mal Zwillinge. Felix ist zwei Jahre älter als ich. Seit ich aus der Grundschule raus bin, heiße ich jedenfalls nur noch Fee.

Meine beste Freundin ist Kara. Zusammen sind wir *Ka-Fee*. Auch so eine tolle Idee von Paul, dem Quotenvollidioten, den jede Klasse hat. »Hey, macht euch locker! Ihr seid quasi wie Brangelina!« Und dann kommt immer so ein Deppengrinsen, als wäre er gerade mit dem Kopf gegen die Heizung gedonnert.

*

Endlich klappt das mit der schönen Schleife. Ich stecke sie mit einer winzigen Sicherheitsnadel fest, was ein wenig frickelig ist. Vor allem, weil die Kamera es nicht hinbekommt, auf den Hut scharfzustellen.

*

Wenn Kara Paul sieht, lacht sie immer, als hätte sie etwas verschluckt. Ich habe so den Verdacht, sie steht auf ihn, obwohl sie ein Date nach dem anderen mit den bestaussehendsten Jungs der Schule hat. Mal abgesehen von Paul, verstehe ich nicht, weshalb sie sich nicht für einen von denen entscheidet. Wenn *ich* einem von diesen Traumtypen auch nur näher als einen Meter käme ... aber ich bin ja nicht diejenige, die mit denen ausgeht und das ist mein großes Problem. Also, das Problem ist eher, dass die nicht mit mir ausgehen. Ich würde ja sofort.

Kommen wir also zu meinem Plan: Sechzehn Vorsätze habe ich auf meiner Liste. Damit ich die auch einhalte, gibt es *Sweet 16*. Das ist eine App, die alles kontrolliert, was ich tue. Sie wird dafür sorgen, dass ich die Liste erfolgreich abarbeite.

Gebastelt habe ich die App in Informatik. Unsere Schule ist momentan so etwas wie der Versuchskaninchenkäfig des Bildungsministeriums. An uns testen sie, ob es sinnvoll ist, Schüler über mehrere Jahre mit Programmiersprachen zu nerven. Nach dem Abi werden wir dann sicher alle hochbezahlte Programmierer oder so. Na ja, wenigstens machen die Lehrer uns keine Vorschriften, was wir programmieren sollen. Und ich habe Doppelglück, denn mein Bruder ist ein Nerd und hat mir einige Kniffe gezeigt, damit die App auch tut, was sie tun soll. Die Schulversion der App ist eigentlich nur eine Liste, die einen ab und zu an Dinge erinnert. In meiner ganz speziellen *Sweet 16*-Fassung gibt es Elaine. Sie ist ein Avatar, den ich selbst entworfen und gezeichnet habe und sie wacht eisern darüber, dass ich meinen ehrgeizigen Plan in die Tat umsetze. Demnächst stelle ich sie euch vor, aber ein bisschen müsst ihr euch noch gedulden, bis ich diese zickige Bestie auf euch loslasse.

*

Ich zwinkere in die Kamera. Von außen ist der Hut jetzt fertig. Deshalb drehe ich ihn um und beginne damit, das alte Hutband innen abzulösen und ein neues einzukleben. Schließlich will ich weder schwitzen, noch soll der Hut an meiner Stirn kratzen.

*

Elaine wacht mit ihrer Kommandostimme über die Liste. Manchmal habe ich das Gefühl, sie ist etwas zu sehr nach diesen Tanzcoaches im Fernsehen geraten.

Jetzt habe ich euch ziemlich auf die Folter gespannt, nicht? Ihr wollt sicher wissen, was alles auf dieser geheimnisvollen 16-Punkte-Liste steht.

Tada, ich präsentiere euch die ersten acht Punkte:

1. Neue Haarfarbe

Abgehakt! Okay, ein leichter Rotschimmer sollte es werden. Doch dann standen Kara und ich in der Drogerie und die Frau auf der Hennapackung sah dermaßen verführerisch und geheimnisvoll aus ... Ihr könnt euch denken, was passierte. Wir haben das Zeug gekauft. Der erste Dämpfer kam, als wir die Pampe angerührt haben. Sah aus und roch wie Kuhmist. Aber ein Blick auf die Packung und ich wusste ja, wofür ich das durchhalte. Für Schönheit muss man leiden, nicht wahr? Und was kam dabei heraus? Genau: Ich beschäftige mich mit Hüten.

2. Umstyling: Raus aus den Standardklamotten, rein in coole Outfits

Natürlich laufe ich nicht herum wie der letzte Bauarbeiter, aber eine Generalüberholung meines Kleiderschrankes ist dringend notwendig.

3. Make-up benutzen, auch in der Schule

4. Bikini statt Badeanzug

Wie ihr seht, habe ich so eine Durchschnittsfigur: kein Germanys Next Topmodel, nicht sportlich, keine Speckröllchen. Aber ich traue mich einfach nicht, einen Bikini zu tragen. Damit der Bikini auf jeden Fall sitzt, kommen jetzt Punkt

5. Einmal die Woche joggen

und

6. Xbox-Yoga

Für eine straffe Figur.

7. Mich in den Kletterwald trauen

Ich möchte mindestens drei Parcours schaffen. Auf die Punkte 1 bis 7 folgt dann natürlich:

8. Aufrechter laufen

Damit ich auf andere selbstbewusster wirke.

*

Der Fedora sitzt jetzt auf meinem Kopf, die Haare stecke ich locker unter den Rand. Er verwandelt mich. Mit diesem Hut könnte ich zum Beispiel auch eine hippe Sängerin sein. Also, wenn ich singen könnte, ohne dass die Vögel vor Schreck von den Bäumen fallen. Und zu diesem Hut passt Orange ganz hervorragend, finde ich. Dazu kann man einfach kein Dunkelblond tragen.

*

Das war's für heute und ihr dürft auf das nächste Atelier gespannt sein. Dann schauen wir mal, was man alles aus einem alten T-Shirt machen kann, und ich erzähle, wie es mit mir und der Liste klappt.

Eure Fee

Affen, Bäume und Mut in Tüten

Eine Nacht drüber schlafen hat nicht gereicht, um mich mit der neuen Haarfarbe zu versöhnen. Ganz und gar nicht. »Ich brauche ein ganz tiefes Loch zum Drin-Verkriechen und nie wieder Rauskommen!«

Mein Spiegelbild und Felix gucken mich an. Das Mädchen, das mich verzweifelt aus dem Spiegel anblinzelt, trägt den schwarzen Fedora mit dem Schottenkaroband. Überall quellen darunter orangefarbene Haare hervor. Dazu trägt sie eine leichte Bluse und einen kurzen Schottenrock. Sie wirkt, als hätte man alles Unglück dieser Welt auf ihr abgeladen.

Felix ragt wie eine Giraffe neben mir auf und sieht mit seinen kurzen Locken, der Brille und dem Metallica-Shirt aus wie der letzte Freak. Es ist sieben Uhr morgens. Selbst nach einem großen Milchkaffee bin ich noch nicht annähernd wach.

»Du siehst süß aus. Du hast das gewisse Etwas, das wir Männer attraktiv finden, du verstehst?« Felix ist hellwach und munter und meint das völlig ernst. »Und Zitat von dir selbst: Die langweilige Fee austauschen!«

Meinem Spiegelbild klappt die Kinnlade runter. »Du schaust mein Vlog?«

»Ja klar. Vlogs sind zum Anschauen da. Sonst hättest du ja wohl in dein Tagebuch geschrieben. Wolltest du die Elaine-App nicht geheim halten und erst präsentieren, wenn deine Verwandlung Raupe-zu-Schmetterling geklappt hat?«

Bevor ich darüber nachdenken kann, was er da eigentlich gesagt und wie er mein Vlog überhaupt gefunden hat, fällt mir Elaine in den Rücken. Sie flüstert: »Schätzchen, der Hut ist der Wahnsinn! Ein so angesagtes Sommeraccessoire hat keine andere!«

»Siehst du«, sagt Felix. »Dein Coach ist meiner Meinung.«

Er linst über meine Schulter.

Elaine winkt ihm zu. Sie hat sich meinem Outfit angepasst und es um Kniestrümpfe und eine weinrote Krawatte ergänzt. Ein bisschen Punk, ein bisschen englisches Schulmädchen. Die oberen zwei Blusenknöpfe sind offen, die Krawatte sitzt sehr locker. Interessant, aber nicht verrückt. Wobei das wahrscheinlich nur bei ihrer Oberweite frech wirkt. Meine Brüste fallen deutlich bescheidener aus.

Ihr Lob prallt an mir ab. Ich bin schon so tief in meiner destruktiven Stimmung versunken, dass ich alles wie mit Scheuklappen sehe. Die Welt ist schlecht! »Wie ein Voll-Nerd sehe ich aus. Am besten kaufe ich mir eine Brille und einen Pullunder dazu.« Mein Spiegelbild und ich, wir zerfließen gleich vor lauter Selbstmitleid. Ach du liebe Zeit! So kenne ich mich gar nicht.

»Pft!«, macht Felix. »Schottenrock und Bluse sind unmodern? Wenn du ein richtiger Nerd sein willst, leihe ich dir mein Shirt.«

Mit einer dramatischen Geste reißt er sich die Brille runter, wuschelt durch seine Locken und zieht in Windeseile sein Shirt aus. Ich kann nicht anders, als ungläubig auf seinen Oberkörper zu glotzen: Mein Harry-Potter-Bruder mit dem Gruselshirt hat sich im Nullkommanix in einen Surfer mit gut trainiertem Oberkörper verwandelt. Er hat keine dick aufgepumpten Macker-Muskeln, sondern sieht ganz natürlich und sportlich aus – und verflixt gut. Und wenn ich das schon über meinen Bruder sage, wie finden ihn dann erst andere Mädchen?

»Holla!«, quietscht Elaine leise. Selbst ihr ist die Kinnlade runtergefallen.

Ich bin absolut entsetzt, wie wenig ich vom Leben meines Bruders mitbekomme. »Was ... wie ... wann? Äh.« Meine Stimme versagt. Ich kann nur weiterglotzen.

Er lässt den Bizeps spielen und lacht: »Mountainbike. Basketball. Kletterwald.«

»Uah, Felix! Bitte zieh da jetzt nicht wieder ein Nerdshirt drüber. Wie wäre es mit *normalen* Sachen? Ja?«

»Dein Wunsch ist mir Befehl. Aber dafür jammerst du jetzt nicht mehr über dein Outfit und gehst mit dem Hut und dem Rock in die Schule. Das sieht gut aus, glaub es mir einfach!«

»Ich fürchte, Nerds haben keine Ahnung von Mode.«

»Geek, gemischt mit einem Spritzer Nerd.« Er zwinkert und verschwindet kurz in seinem Zimmer.

Als er wieder auftaucht, trägt er Dreiviertelhose und Shirt, mit denen er an jedem Strand eine gute Figur machen würde.

»Spiel mal mit Mateo, Ole und mir Basketball. Wir sind echt normale Menschen.«

29

»Ja klar.«

»Und Nerds nicht mit Geeks verwechseln. Geeks tragen Shirts mit coolen Sprüchen, mit einem Bandlogo oder Cartoon. Sie beten Dr. Who an, lieben Star Wars und unterhalten sich mithilfe von physikalischen Formeln. Nerds sind totale Fachidioten. Na ja, die meisten Nerds sind zugegebenermaßen aber auch Geeks.«

Bahnhof, Bahnhof, Bahnhof ist alles, was ich verstehe. Klingt, als würde er den Spruch öfter runterbeten. Er war halt schon immer das Felixikon, das wandelnde Lexikon. Mein Zeigefinger kreist um mein Ohr. Er und seine Leute, die waren alle etwas zu wenig in der Sonne und zu lang vor dem Computer. Wobei: Basketball und Mountainbike und Klettern ... womöglich kommen die Jungs sogar häufiger ans Tageslicht als ich.

Felix lacht. »Du hast zu lange nachgedacht, das gilt als Einverständnis. Jetzt ziehst du noch eine von Papas Krawatten dazu an und diese rote Strumpfhose, die irgendwo in deinem Schrank rumgammelt.«

»Woher weißt du, was in meinem Schrank gammelt?«, frage ich ihn entsetzt.

»Du hast mich mal gefragt, wie diese Strumpfhose bei Jungs ankommt.«

»Da war ich vierzehn!«

Nachdem er mich darin kritisch gemustert hatte, verschwand das Teil ganz hinten unter meinen Bergen aus *Nie wieder!*-Zeug.

»Im Gegenzug opfere ich ein Paar Tageskontaktlinsen für dich und deine Heiteitei-Mädchen und lasse heute die Brille zu Hause. Deal?«

Mein Bruder weiß, wie Erpressung funktioniert. Aber da ich gar keine andere Wahl habe, als mit diesen Haaren den Spießrutenlauf über den Schulhof anzutreten, kann ich jetzt auch noch einen draufsetzen und seine und Elaines Styling-Anregung annehmen. Die Kombi finde ich eh schön, obwohl ich das natürlich niemals zugeben würde.

»Deal«, sage ich.

Wir geben uns High Five.

»Denen zeigen wir's«, flüstere ich dem Spiegel zu und ziehe die Hutkrempe ein wenig zur Seite.

»Genau!«, faucht Elaine. »Das ist die richtige Einstellung!«

Schon im Bus geht es los: Um uns herum wird getuschelt und gekichert. Fürs Erste stiere ich verkrampft durch die Scheibe, bis ich kapiere, dass die nicht wegen mir so aus dem Häuschen sind, sondern wegen Felix. Der sitzt wie der tollste Hecht breitbeinig auf seinem Sitz, fährt sich immer wieder mit der Hand durch die Locken und tut so, als würde ihm die Welt gehören. Was für ein Schauspieler!

Die meisten im Bus wissen nicht, dass wir Geschwister sind. Wir steigen ja immer durch verschiedene Türen ein und sitzen so weit von einander entfernt wie nur möglich. Einige von denen denken vielleicht ... oh nein! Wo ist das tragbare Loch zum Verkriechen, wenn man es braucht? Soll ich schnell ein Blatt aus meinem Hefter reißen, *Das ist mein Bruder* draufschreiben und auf die Stirn kleben?

Hitze schießt mir in die Wangen. Garantiert werde ich gerade mindestens so rot wie meine Haare. Energisch stoße ich ihn mit dem Ellenbogen zwischen die Rippen, bis er sein Gorillagepose aufgibt und sich vernünftig hinsetzt.

Es ist einfach nicht fair: Seit Jahren wünsche ich mir, im Bus neben einem richtig tollen Typen zu sitzen und die neidvollen Blicke der anderen Mädchen zu spüren. Aber ich wollte nie, niemals, dass der tolle Typ mein Nerd-Bruder ist! Ich schließe die Augen und flüchte mich in einen kurzen, aber intensiven Jonas-Tagtraum. Wenn der jetzt neben mir sitzen würde ... In einer Kurve würde mein Kopf wie zufällig auf seine Schulter fallen. Meine Finger spüren bereits die blonden, dichten Strähnen, streicheln seinen Nacken. Dann sieht er mich an, mit diesen Augen, die blauer sind als ein Sommerhimmel und die über einen ganzen Schulhof leuchten können.

Der Bus legt sich tatsächlich heftig in die Kurve. Mein Kopf landet allerdings nicht auf der Schulter eines Traumprinzen, sondern ich knalle mit der Stirn gegen die Scheibe. Immerhin höre ich zwischen dem Geschwätz um uns herum, wie sich langsam die Tatsache verbreitet, dass ich hier nicht mit dem heißesten Fang des Jahres sitze, sondern neben meinem verzauberten Bruder.

Die Bustüren öffnen sich. Kichernde Schüler werden hereingespült wie eine Flutwelle. Mit ihnen steigt auch Mateo in den Bus. Wie mein Bruder ist er ein Vollzeit-Nerd. Geek. Was auch immer. Trotzdem bleibt mein Blick an ihm hängen. Inmitten der kreischenden Schülerhorde wirkt sein ruhiger, fester Gang wie ein Fels in der Brandung. Er muss nicht drängeln, nicht schubsen oder jemanden anmaulen; wo er geht, ist Platz für ihn. Das Chaos im Bus berührt ihn scheinbar nicht. Dabei ist er total unauffällig. Er trägt eine ziemlich verbeulte schwarze Army-Hose und ein schlichtes schwarzes Shirt, das weder schlabbert noch eng anliegt. Seine schwarzen Haare sind noch ein bisschen feucht, wahrscheinlich von der Dusche, und stehen stachelig um seinen Kopf. Wenn sie trocken sind, werden sie wieder richtig kuschelig aussehen. Schaut man ihm nur ins Gesicht, sieht er gar nicht übel aus. Wenn ich nicht wüsste, dass er ein Nerd ist ... aber er ist einer. Kann man sich mit Nerdtum eigentlich anstecken?

Während ich grüble, setzt er sich mir gegenüber hin. Seine Knie berühren meine und plötzlich kommt mir mein Rock sehr kurz vor. Meine Wangen fangen an zu glühen.

Verflixt! Weshalb starre ich ihn eigentlich so an?

Hinter ihm kämpft sich Ole weit weniger elegant durch die Horde. Er ist ein ziemlich hübscher Blonder. Als Kara und ich mit dreizehn so eine alberne Jungs-Bewertungsskala hatten, hat er glatte acht von zehn Punkten abgeräumt. Er ist seit Jahren treu in festen Händen, sowohl denen seiner Freundin als auch denen der Nerdclique. Mit anderen Worten: uninteressanter geht nicht.

Weshalb ist mein Bruder eigentlich nicht mit einer Kreuzung aus Ole, Mateo und einem normalen Jungen befreundet? In den würde ich mich bestimmt sofort verlieben.

»Hey, du Justin Bieber!« Mateo begrüßt Felix mit Handschlag. Aus seinem Rucksack lugt eine Zeitschrift, die er sich sofort schnappt, um sich dahinter zu verstecken. *Android Magazin*, lese ich. Aha. Okay. Programmierkram.

Ole gelingt es irgendwie, sich auf den letzten freien Platz fallen zu lassen, bevor die Fünftklässler ihn mit ihren Riesenranzen zerquetschen.

»Aloha, Igelgesicht! Aloha, Blondie!« Innerhalb von Sekundenbruchteilen ist Felix wieder Felix.

Ole rückt seine Brille zurecht und glotzt mich an. »Heja, habt ihr eine englische Austauschschülerin? Oder hast du's echt geschafft, so ein hübsches Mädel vor uns zu verstecken? Glückwunsch!«

Augenblicklich sitzt Felix wieder breitbeinig da und strahlt, als gehöre ihm die Welt. »Manche haben es halt, andere nicht.«

Da kann ich nur die Augen verdrehen: Jungs und ihre Riesenklappe!

»Hi, ich bin Ole«, er streckt mir die Hand hin.

»Das ist Fee.«

Mateo mustert mich über den Rand seiner Zeitschrift hinweg. An seiner Miene kann ich nicht ablesen, wie er meinen Aufzug findet. Das Magazin über Handyapps scheint interessanter zu sein. Was ein Nerd! Erst seit drei Wochen ist er bei meinem Bruder in der Klasse und zackbumm in der Clique gelandet. Scheinbar sind Nerds magnetisch und ziehen sich an, sobald sie ihresgleichen begegnen.

Zwischen Felix und Ole beginnt ein gackerndes Gespräch über Brillen, Optik und Dinge aus abgefahrenen Geek-Serien. Mal ehrlich: So ein Gespräch unter Männern hat auch nur das Niveau eines durchschnittlichen Hühnerhofes. Gelangweilt greife ich nach meinem Handy. Noch fünf Minuten bis zur Schule, da kann ich noch ein wenig mit Kara lästern. Leider komme ich nicht dazu, WhatsApp zu öffnen: Elaine drängelt sich dazwischen. Sie trägt ein romantisches Sommerkleid, Comic-Herzchen flattern um sie herum.

»Volltreffer!«, flüstert sie und zwinkert mir verschwörerisch zu.

Ich verstehe nicht, was sie mir damit sagen möchte.

Heute spielen alle verrückt. Hinter dem Rücken zieht sie ein Schild hervor, auf dem groß *Traumprinz* steht, das i-Tüpfelchen ist ein Krönchen. Sie wedelt damit herum. Ein Kompass erscheint. Der Pfeil zeigt auf ...

Mateo!

»Mach deine schlechten Witze mit jemand anderem«, gifte ich sie an.

Sie zuckt mit den Schultern. »Ich rechne nur aus, worauf du mich programmiert hast.«

»Du hast sie ja nicht mehr alle!«

Wütend klicke ich Elaine weg und widme mich Whats-App.

»Sprichst du immer mit deinem Handy?« Mateo linst schon wieder so allwissend über den Zeitschriftenrand, mit seinen Bitterschokoladeaugen.

Ich ignoriere ihn. Zum Glück gibt er es auf und lobt nicht auch noch meine Haarfarbe. Stattdessen verschanzt er sich wieder hinter seiner Zeitschrift.

Mal sehen, ob wenigstens Kara heute früh besser drauf ist.

Karalein, tippe ich. *LieblingsKaFeetante. Es gibt eine Überraschung!* Abschicken. Warten, bis sie gelesen hat, weitertippen: *Gleich steige ich mit einem Jungen aus dem Bus, der sieht so blendend aus, da kannst du nur die Sonnenbrille aufsetzen.*

Dann besorge ich mir schnell etwas Sonnencreme, Honey.

Mann! Sei doch ein bisschen neugierig!

Schmilz mir nicht.

Passt er denn zu deiner Haarfarbe?

Grrrr!

Ich werfe das Handy in meine Tasche und will noch etwas

in meinem Modemagazin blättern. Aber so richtig konzentrieren kann ich mich heute nicht. Mit einem Kuli kritzle ich dem Model in der Parfumwerbung ein neues Kleid über die fast durchsichtige Unterwäsche. Zeichnen entspannt mich immer sofort. Dabei kann ich völlig in eine andere Welt abtauchen.

Mateo räuspert sich. »Nicht schlecht.«

Meine Ohren werden heiß. Ich starre auf das Magazin und zeichne weiter. Vielleicht hat er das gar nicht zu mir gesagt. Also bleibe ich nach außen hin cool. In Wahrheit fühle ich mich irgendwie ertappt.

»Aussteigen, Schwesterchen.« Felix knufft mich auf den Arm. »Sonst verpasst du die Show.«

Er zieht mich hoch und nickt mir kurz zu. So ein *Ich bin dein großer Bruder und glaube an dich, du schaffst das*-Nicken. Und da wird mir endlich klar: Dieses Theater mit den Klamotten, das macht er nur für mich. Damit er und nicht meine Haarfarbe im Mittelpunkt steht.

Bevor ich es mir anders überlegen kann, sind wir draußen. Ich flüchte geradezu ins Klassenzimmer. Niemand, wirklich niemand äußert sich zu meiner Haarfarbe oder lästert über mein Outfit. Alle wollen wissen, ob mein Bruder jetzt immer so herumläuft oder wie sie an seine Handynummer kommen. Und woher ich den Rock und den Hut habe. Und die Krawatte.

Um die Tratschtanten für eine Weile zu beschäftigen, zucke ich nur mit den Schultern und tue so, als ginge mich das alles nichts an. Dennoch ist die Luft im Klassenzimmer regelrecht aufgeladen mit Neid und Neugier. Die ersten Wetten laufen, ob Felix der nächste Mädchenschwarm hinter Jonas und Josh werden kann. Neben mir höre ich ein Flüstern – es geht um Schottenröcke und Trends. Ganz unerwartet genieße ich es, im Zentrum der Aufmerksamkeit zu stehen.

So gut, wie der Schultag begonnen hat, geht er auch weiter. Irgendwie sind unsere Lehrer heute alle sehr locker drauf. Der schönste Augenblick des Vormittags ist aber der, als die Rektorin reinkommt und uns mitteilt, dass wir schon nach der zweiten Stunde schulfrei haben, weil mehrere Lehrer mit Sommergrippe im Bett liegen. Unter anderem fällt die Doppelstunde Sport aus.

Mein Handy räuspert sich. Ich riskiere einen Seitenblick zu Elaine.

Kara packt geistesabwesend ihre Tasche. Ihre Kulleraugen kleben an Paul, der sich den Arm mit roter Kreide bemalt und sich dann, unter dem Gejohle der Klasse, röchelnd aufs Lehrerpult legt. Manchmal scheinen wir hier echt in der ersten Klasse stehen geblieben zu sein.

Zu meinem Entsetzen trägt Elaine ein Abenteurer-Outfit: enge schwarze Hosen, enges schwarzes Oberteil, feste Stiefel. Die Haare sind zu so einer Art Lara-Croft-Zopf gebunden. Mit ihren kampfbereit in die Hüften gestemmten Fäusten und dem dezenten Lidschatten, Ton in Ton mit dem Grün ihrer Augen, sieht sie umwerfend aus.

»Na, Süße?« schnurrt sie.

Mir schwant Furchtbares.

»Das sieht danach aus, als könnten wir Punkt 7 angehen. Steig in fünfzehn Minuten mit Kara in den Bus und dann ab in den Kletterwald!«

Wie bitte? Kletterwald? Heute, jetzt, sofort? Hilfe!

»Du, da sind noch ganz viele andere Punkte vorher auf der Liste.« Und zwar jede Menge Punkte. Mir wird ganz schwindlig, wenn ich mir vorstelle, dass ich mich gleich in luftiger Höhe durch den Wald hangle.

Elaine zieht einen Flunsch, der glatt von Kara sein könnte. »Wie du meinst. Du musst schließlich nicht so tough werden wie ich. Als Mauerblümchen lebt es sich nicht schlecht. Ein bisschen langweilig, aber das stört dich ja nicht.« Sie betrachtet ihre Fingernägel. »Na dann. Ich gehe eine Runde mit den Haien schwimmen.«

Was für eine gemeine Erpressermethode! Und natürlich steige ich voll darauf ein. Das Handy gleitet in die Tasche, ich verpasse Kara einen Ellenbogenschubs.

Wie eine Statue steht sie da, rote Wangen und leicht weggetretenes Grinsen. Paul hat ihr im Vorbeigehen zugezwinkert. Ich verstehe es einfach nicht. Paul ist einer der am langweiligsten aussehenden Jungs, die ich kenne, und dazu hat er noch diesen Kurzschluss im Großhirn.

»Weißt du, was wir jetzt machen?« Verschwörerblick.

»Eis essen!«

»Nö«, sage ich und werfe mich in die Heldenpose, die Elaine mir gerade vorgemacht hat. »Wir schnappen uns jetzt unsere Sportklamotten und machen etwas, das wir uns schon laaaange vorgenommen haben.«

Ohne weitere Erklärung und ohne Kara Zeit zum Antworten zu lassen, ziehe ich sie aus dem Klassenzimmer, vorbei an einem röchelnden Paul, der seine Sommergrippe-Nummer auf dem Flur zum zweiten Mal zum Besten gibt. Die Mädels aus der Unterstufe sind total aus dem Häuschen.

Als wir an der Haltestelle stehen und Kara die Busnummer sieht, hebt sie eine Augenbraue. Ahnt sie, wo wir hinfahren? Wir steigen ein und ich schaue automatisch auf mein Handy.

Elaine schwingt sich an zwei Tauen über einen Abgrund, wirft einen vermummten Bösewicht über eine Kiste und zwinkert mir zu. Ja klar, das GPS ist eingeschaltet. Dieses Biest weiß eben, wann sie gewonnen hat!

»Aiiiiiihhhh!« Kara kreischt wie Tarzan, der von einer Affenhorde in den Hintern gebissen wurde. Noch bevor ich richtig blinzeln kann, hat sie sich bereits mit dem Seil über den Abgrund geschwungen. So Pi mal Daumen einen Meter fünfzig weit. Oder nah. Das kann man ja so oder so sehen.

Auf der anderen Seite bewahrt sie Haltung. Man ahnt, wie butterweich ihre Knie sind. Das Filmchen, das ich gerade drehe, wird uns sicherlich noch oft zum Lachen bringen. Jetzt allerdings habe ich erst mal einen tonnenschweren Angstklumpen im Magen, weil wir gleich richtig hoch in die Bäume steigen. Dagegen war dieser Übungsparcours ein Strandspaziergang.

Elaine mischt sich wieder mal ein, klettert ins Bild und verbreitet gute Laune: »Das schaffst du, Fee! Nicht aufgeben! In zwei Stunden ist Punkt 7 erledigt.«

»Das sagst du so leicht ...«

»Wenn es leicht wäre, hättest du es dir nicht als Herausforderung auf die Liste geschrieben, oder?« Sie zwinkert aufmunternd.

Kara befestigt die Sicherungskarabiner an einem Drahtseil und läuft um einen Baumstamm herum. Ich halte mit dem Handy weiter drauf. Dann muss sie die Karabiner umhaken, erst links, dann rechts, ein Stückchen die Leiter herunter, weiter unten sichern. Klack, klack. Es sind genau drei Sprossen, aber sie überwindet die Leiter, als würde sie den Mount Everest herabsteigen. Dann ist sie über die rote Linie drüber und darf wieder ohne Sicherung frei herumlaufen.

»Honey, Honey, Honey!«, kreischt sie. Wir packen uns an den Schultern, hüpfen, japsen und heulen fast. Der süße Student, der sich um unsere Einweisung kümmert, schüttelt den Kopf. Für ihn ist das Routine, diese kurze Strecke, die alle Kletterer einmal durchlaufen müssen, um zu beweisen, dass sie kapiert haben, wie man mit den Karabinern umgeht. Aber für uns war das Adrenalin pur, in einem Meter Höhe. Das ist der Vorgeschmack darauf, was in zwei, drei, fünf und zehn Metern Höhe auf uns wartet. Hilfe! Ich will gar nicht drüber nachdenken. Ich will nach Hause!

Elaine klatscht und schwingt Pompons.

»Schwimm doch mit deinen Haien«, blaffe ich sie an.

»Häh?«, macht Kara.

Mir wird warm auf den Wangen. »Ich sagte, dass wir jetzt bereit sind, mit den Haien zu schwimmen, weil wir alles schaffen können, was wir wollen!«, rette ich die Situation. Ich muss ihr unbedingt in einem ruhigen Moment von Elaine erzählen.

»Habt ihr zwei alles verstanden?«, fragt der Student und schaut uns kritisch an. Er ist so ein Typ Junge, der zum Schmelzen gut aussieht, wenn er kritisch guckt.

»Yes.« Kara grinst.

Also wäre das noch mal gut gegangen. An den Studenten gerichtet frage ich: »Was passiert denn eigentlich, wenn ich mich mal etwas nicht traue?«

Schmunzeln. »Na, dann rufst du nach uns Weißhelmen und wir holen dich runter.«

»Mit einer Leiter?«

»Nein, ich komme dann zu dir rauf, wir klinken unsere Gurte zusammen und ich helfe dir beim Abseilen.«

Abseilen klingt furchtbar. Aber bei der Aussicht, sich in diese starken, sonnengebräunten Arme zu schmiegen, erwacht doch glatt die Cat Woman in mir und möchte wohlig schnurren. Dafür müsste ich allerdings so tun, als käme ich nicht weiter. Nein, die Hilflose zu spielen, nur um mal von einem hübschen Jungen in den Arm genommen zu werden, so verzweifelt bin ich dann doch wieder nicht.

»Na dann viel Spaß. Wenn ihr Fragen habt, kommt einfach nach vorn.«

Wir bedanken uns und stehen etwas verloren vor dem Schild mit den Wegweisern.

Leider habe ich mich nicht getraut, ihn zu fragen, wie oft er Leute abseilen muss und ob er manchmal das Gefühl hat, die Mädchen ließen sich absichtlich hängen. Hm, vielleicht bewerbe ich mich ja bald bei diesem Onlinemagazin und dann komme ich wieder, und interviewe ihn offiziell zu diesem Thema.

Kneifen ist auf jeden Fall keine Option, denn im Kassenhäuschen sitzt Karas Cousin. Der wollte uns letztes Jahr schon zu einer Runde durch den Kletterwald überreden. Unsere Eltern hatten bereits die Einverständniserklärung unterschrieben, aber dann waren wir doch nicht mutig genug. Wenn ich mich diesmal auch wieder verkrümle, erzählt er es bestimmt in der Schule herum. Ganz abgesehen davon, dass ich selbst sauer auf mich sein werde. Dann stehe ich als Angsthäschen da. Selbstbewusste Jungs wie Jonas stehen sicher überhaupt nicht auf Heulsusen. Außerdem wird Punkt 7 auf meiner Liste sonst ewig unerfüllt bleiben.

»Fangen wir mit dem ersten Parcours an?«, frage ich zögerlich und kratze mich unter dem Helm, was gar nicht so einfach ist. Und schön sieht das Ding auch nicht aus. Außer natürlich bei Kara. Nichts kann Kara verunstalten, selbst dieses Outfit aus Klettergurt und rotem Helm nicht. Jeder andere sieht damit aus wie ein Klärgrubenputzer.

Wir stiefeln los und schauen im Gehen die Videos von vorhin an.

»Honey, du siehst fabelhaft aus!«

Sie hat recht. Die Haarfarbe beißt sich kaum mit dem Helm und lässt mich abenteuerlustig wirken. Fast wie ein Hollywood-Actionstar. Fast, denn mit Shorts und hüftlangem Top habe ich vergleichsweise viel an und ich liege deutlich über Kleidergröße Null. Hollywood wird wohl nicht anrufen.

»Danke.« Räuspern. »Schau mal, da ist schon der erste Parcours.«

»Hübsch, aber keine echte Herausforderung.« Die Plattformen befinden sich ungefähr in Hüfthöhe.

Ich beuge mich zu dem Schild herunter. »Hm ja. Hier steht, dass man den ab sechs Jahren mit einem Erwachsenen gehen darf, ab zehn allein. Das klingt doch gut. Da können wir noch einmal alle Griffe üben.«

»Komm, Honey, wir machen den vierten Parcours. Den

Appalachen.« Karas Stimme klingt wie süßer Honig. Gäbe es hier im Wald Schmetterlinge, würden sie um Kara herumschwirren. Flatter, flatter, kleb.

»Den willst du doch nur, weil er nach Amiland klingt«, gebe ich zurück.

»Oh, Honey.« Sie zupft mir ein Blättchen aus den Haaren. »Der ist einfach aufregender als die Eifel.«

Ich muss lachen. Sie hat ja recht. Die ersten drei Parcours haben ziemlich langweilige Namen verpasst bekommen. Allesamt deutsche Mittelgebirge. Das mieft geradezu nach Wanderausflug mit Eltern und Tanten. Außerdem bin ich ja hier, um mich etwas zu trauen.

In meiner Tasche vibriert es schon wieder. Kommt jetzt der nächste Elaine-Scherz? Ist der Student ihr nächstes Traumprinzen-Opfer? Na, dagegen hätte ich absolut nichts.

»Gehst du vor, Kara?«

Kara zuckt mit den Schultern. »Aber nicht kneifen, Honey.« Manchmal ist Kara sogar mir zu süß.

»Ich doch nicht!« Kusshändchen von mir, Luftküsschen von ihr. Dann schaue ich auf mein Handy. Elaine ist damit beschäftigt, sich mit Lianen durch einen Dschungel zu schwingen, haarscharf über den schnappenden Mäulern hungriger Krokodile. Dabei sieht sie aus, als würde sie für ein Fotoshooting bei *Germany's next Topmodel* posen. Die haben ja auch immer so merkwürdige Kulissen, in denen die Mädchen irgendwelchen Raubtieren Küsschen geben müssen. Ihre Haltung ist zauberhaft, als sie sich mir zuwendet.

»Dein Bruder wünscht dir Glück und drückt dich. Sabs fragt, wohin du so schnell verschwunden bist, und kann einfach nicht glauben, dass dein Bruder sich in einen so hinreißenden Typen verwandeln kann. Wenn du ihn noch einmal in diesem Aufzug mitbringst, wird sie in deine Familie einheiraten. Charly schickt ein Bild ...«

»Was?« Fast fällt mir das Handy aus der Hand. »Sag mal, spinnst du? Finger weg von meinen Nachrichten!«

»Du wirst sehen, wir haben im Nullkommanichts deinen Traumprinzen gefunden!« Elfe Elaine mit dem eichhörnchenfarbenen Haar macht einen Salto und landet auf einer Krokoschnauze.

»Hör sofort auf, dich in mein Liebesleben einzumischen, und Finger weg von meinem Privatkram!«

»Fee, ich *bin* dein Privatkram. Schon vergessen? Ich bestehe doch nur aus Bits und Bytes. Wie soll ich für dich den perfekten Jungen finden und dich für ihn fit machen, wenn ich nichts über dich weiß?«

Von einer Plattform weit oben in den Wipfeln aus winkt Kara. Langsam wird sie ungeduldig.

»Wir reden später, Elaine. Und wenn du nicht brav bist, benenne ich dich um, in Henriette oder Klothilde.«

Elaine ändert mit einem lässigen Handwischen das Hintergrundbild und steht plötzlich angeleint an einer Steilwand in den Bergen. In der Hand hält sie einen Zettel mit einer großen 7. »Schwing dein hübsches Hinterteil in die Appalachen, Süße. Zeig allen, was du draufhast!«

Das kann sie haben. Im Eiltempo nehme ich die Stufen bis hoch zur Plattform. Von hier aus beginnen verschiedene Parcours. Kara hat sich bereits an den Appalachen eingeklinkt. Sie lässt mir nicht einmal Zeit, einen Blick nach unten zu werfen, um zu sehen, wie unendlich weit über dem

44

Waldboden wir klettern. Ist wahrscheinlich besser, wenn ich das erst ein oder zwei Seile später merke.

»Auf geht's mit Gebrüll!«, keuche ich und klinke meine Karabiner an ein Drahtseil.

»Yes we can!«, schreit Kara und schon hangelt sie sich über eine halsbrecherische Brücke, die nur aus ein paar Holzlatten besteht.

Kaum hat sie die Station überwunden, zittere ich selbst auf den schmalen Brettern. Jetzt bloß nicht zu viel nachdenken!

Die Brücke wackelt fürchterlich, aber eigentlich ist sie keine große Herausforderung. Dann folgen schwankende Schaukeln und eine weitere Hängebrücke, bei der man sich nur an langen herunterhängenden Seilen festhalten kann. Die Stationen schaffe ich in einem guten Tempo. Meine Wangen glühen, mein ganzer Körper besteht aus einem riesigen Jubeln, das rausmöchte. Ich fühle mich großartig! Selbst das ständige Einklinken der Sicherungskarabiner nervt mich nicht mehr. Das Drahtseil ist mein Begleiter, mein verlängerter Arm. Geschickt wie eine Spinne hänge ich in einem Tunnel, der aus einem großen Netz besteht, als mich Karas Schrei wie ein Blitz trifft: »Aaaaiiiiihhh!«

Kurz denke ich, sie wäre gefallen, ich kann sie nicht sehen. Ihr lautes, quiekendes Gejubel klingt allerdings quicklebendig. Ich verlasse das Netz und taste mich auf einer winzigen Plattform um den nächsten Baumstamm herum. Vor meinen Füßen tut sich ein Abgrund auf. Da ist nichts, worauf ich meine Füße stellen kann.

Mein Hirn setzt aus. Ich hätte mir vielleicht vorher mal anschauen sollen, welche Stationen dieser Parcours hat.

Tief atme ich durch. Was haben wir da? Ein sehr, sehr langes horizontales Stahlseil, in das ich den Karabiner mit den Rollen einklinken muss. Die Rutsche. Über diesen Abgrund kann ich nicht klettern, hier muss ich mich in den Gurt setzen und einfach mit einem schnellen *Witsch* hinübersausen.

Mein Blick geht zum ersten Mal nach unten, ich erstarre. Der Waldboden ist weit, ganz weit weg. Fünf Meter? Sechs? Und der Baum, zu dem die Rutsche führt, der ist noch weiter entfernt. Zehn Meter?

Das ist nicht zu schaffen, das ist unüberwindbar. Waren wir schon die ganze Zeit so hoch oben? Habe ich das gar nicht gemerkt? Hilfe! Jetzt können mir nur noch die starken Arme von ... oh nein, ich habe seinen Namen vergessen. Dennoch wächst mein Wunsch, mich von diesen Armen retten zu lassen.

Hinter mir höre ich Kichern und entsetzt drehe ich mich um. Am Anfang des Parcours johlt eine Gruppe Jungs, von denen keiner älter als dreizehn sein kann. Die werden gleich hier sein und ein paar von denen habe ich schon mal auf dem Schulhof gesehen. Unmöglich, jetzt nach dem süßen Weißhelm zu rufen und mich abseilen zu lassen. Das dauert zu lange.

Schade. Kara hätte das sonst filmen können. Ich, eng an die Brust eines muskulösen Jungen geschmiegt. Vor den Mädels aus meiner Klasse hätte das wirklich was hermachen können. Tja. Hätte, hätte, Fahrradkette, würde ich sagen.

»Nicht verzagen!«, ruft es aus meiner Hosentasche. »Kopf hoch und Krönchen richten! Das schaffst du mit links.«

Sie hat recht. Überwindung. Deshalb bin ich doch hier.

Nach einem tiefen Atemzug schlucke ich und konzentriere mich ganz auf die Handgriffe, die ich gerade erst unter Aufsicht geübt habe: Rutschkarabiner befestigen, erste Sicherung drüber, zweite Sicherung drunter. Jetzt muss ich mich einfach in den Gurt setzen und gleiten lassen. Wie eine Rutsche ohne ... Rutsche. Mit Seil halt.

Aber was wenige Zentimeter über dem Boden ganz easy ist, kostet mich hier den letzten Rest Mut.

Papperlapapp, Mut! Hatte ich mir nicht gerade erst selbst ein Denkverbot erteilt? Schluss jetzt mit dem inneren Monolog, ich tue es einfach. Setze mich hin und lasse los.

Die Rollen gleiten von allein, das Tempo wird schneller.

»Jeeeeehaaaaaa!«, kreischt Elaine.

»Aaaahhhhh!«, kreische ich.

Schon ist alles vorbei. Meine Füße kommen auf einer schrägen Plattform auf, ich halte mich an einem Tau fest und ziehe mich den letzten Meter hoch. Mein Körper macht alles automatisch. Das war's schon. Wieder sprudelt der Jubel in mir. Endlich fester Boden unter den Füßen. Bevor ich mich versehe, umarme ich den Baum, um dessen Stamm die Plattform führt. Sicher ist sicher. Ich bin so high vom Adrenalin, ich könnte glatt die Rinde knutschen.

»Großartig!«, brülle ich, meine Stimme hallt im Wald wieder.

In dem Moment klickt etwas. Eine Handykamera ist auf mich gerichtet. Dann reißt mich Kara vom Stamm los und direkt in ihre Arme hinein.

»Wow! Honey, wir sind toll.«

»Wir sind großartig!«, jauchze ich.

Dann schickt sie mir das Foto, damit ich es bei WhatsApp als neues Profilbild einfügen kann. Und bei Facebook und überhaupt überall. So viel Zeit muss sein, auch auf einer winzigen Plattform, fünf Meter über den Brennnesseln.

Wie zwei wilde Dschungelgöttinnen klettern und rutschen wir noch eine weitere Stunde, bis uns die Kraft ausgeht. Das Jubeln durchströmt mich weiter. Jeder Herzschlag treibt Energie durch meinen Körper. Ich fühle mich so wahnsinnig lebendig.

Neues aus Fees fabelhaftem Atelier:

Liebe Kreative!

Sieben, sage ich nur. Punkt 7. Erledigt, abgehakt, geschafft! Ich war im Kletterwald!

Deshalb geht es heute doch nicht um Shirts. Mir fallen nämlich gleich die Arme ab. Den ganzen Tag lang habe ich oben in den Bäumen Hindernisse überwunden, bin über wackelige Brücken balanciert, habe mich an Seilen durch den Wald geschwungen und so weiter. Es war wie in einem Actionfilm. Außerdem gab es sogar einen gut aussehenden Helden, der mich im Notfall gerettet hätte – aber den habe ich natürlich nicht gebraucht.

Vor allem war der Tag einfach großartig! Noch nie habe ich mich so leicht und frei gefühlt. Ich könnte explodieren vor lauter Energie! Klar bin ich jetzt hundemüde, aber das war es wert und wir werden ganz sicher wieder hingehen – aber erst wenn der Muskelkater weg ist.

Zwischen all den Seilen und Wackelbrücken ist mir plötzlich aufgefallen, dass ich meine Nägel gar nicht lackiert hatte. Deshalb geht es heute um Fingernägel. Da kann ich meine Hände wenigstens auf den Tisch legen. Ich möchte mit euch die Kleckstechnik ausprobieren.

*

Vor mir auf dem Tisch baue ich auf, was ich benötige, und erkläre dabei alles: eine Unterlage, falls etwas danebengeht, alte Klamotten, die dreckig werden dürfen, Unterlack, der hohle Stil eines Lutschers, Klebefilm und verschiedene Nagellackfarben. Ich habe mich für Weiß und Dunkelblau entschieden. So ein richtiges Tintenklecksmuster. Zwischen den Arbeitsschritten plaudere ich munter weiter.

*

Außerdem hat mit meiner neuen Haarfarbe alles geklappt. Nicht nur hat mein Bruderherz die anderen abgelenkt, nein, einige Mädchen haben mir sogar neidische Blicke zugeworfen. Ob es an der Farbe lag oder an meinem neuen Hut? Oder an beidem? Es hat sich jedenfalls gut angefühlt, dass mir andere plötzlich einen zweiten Blick hinterherwerfen.

Übrigens hat meine *Sweet 16*-App eine Fehlfunktion und fängt plötzlich an, für mich nach einem Traumprinzen zu suchen. Ich dachte erst, es wäre ein Witz. Vor allem, als es heute den ersten Treffer gab. Also, von *Treffer* will ich eigentlich gar nicht sprechen, weil ... na ja, es war ein Nerdkumpel meines Bruders ... wie peinlich! Ich hätte ja nichts dagegen, wenn die App einen Jungen für mich findet, aber es muss eben auch *der Richtige* sein.

Ein richtig toller Typ. Einer von der Sorte, die Kara immer aufgabelt. Ihr wisst schon: Josh, Jonas, die Jungs, die süßer sind als ein Eis und von denen man kaum die Augen lassen kann.

Mein angeblicher Traumprinz hat nämlich das gleiche Problem wie mein Bruder: er sieht eigentlich ganz gut aus, hat aber keinen blassen Schimmer, was er anziehen und wie er sich benehmen muss, um ein Traumprinz zu werden.

Herrje, jetzt rede ich schon die ganze Zeit von diesem Nerd!

*

Währenddessen habe ich meine Nägel mit dem Unterlack und dem weißen Lack überzogen. Anschließend dauert es eine Ewigkeit, bis ich alle Finger um die Nägel herum mit Klebefilm abgeklebt habe. Natürlich könnte ich sie auch einfetten, aber ich finde es sehr unangenehm, mit so fettigen Pfoten zu hantieren.

*

Ich trage jetzt auf das kleine Röhrchen ein wenig Nagellack auf. Hauptsache, die Öffnung unten ist verschlossen. Ein Strohhalm tut es auch, mir gefallen aber die kleinen Klekse aus dem Lutscherstiel besser. So. Fertig. Jetzt richte ich es einfach auf den Nagel und puste.

*

Die Klekse werden etwas kleiner und wilder, als ich mir das gewünscht habe, aber ich bin dennoch beeindruckt von den hübschen Mustern.

*

Während ich hier so vor mich hin puste, wollt ihr sicherlich endlich wissen, wie es mit meiner Liste weitergeht. Hier kommen also die Punkte 9 bis 16:

9. Jungs gegenüber nicht mehr so schüchtern sein

Ganz ehrlich? Wenn so ein richtig toller Junge mich anspricht – und das passiert schon selten genug –, dann versagt mir die Stimme, ich grinse wie eine Gans und fange an zu giggeln. Darauf steht doch niemand! Selbstbewusste Traumprinzessinnen dagegen sind immer schlagfertig und charmant.

10. Nein sagen lernen

Ganz wichtiger Punkt. Ihr möchtet ein Beispiel? Kara taucht auf und will meine Haare färben – ich mache natürlich mit. Sabs will meine Hausaufgaben abschreiben, weil sie wieder zu faul ist – ich schiebe sie ihr rüber. Und so weiter und so fort.

11. Auf mehr Partys gehen

Das ist spätestens mit sechzehn ja wohl Pflichtprogramm.

12. Mehr Obst und Gemüse essen, weniger Schokolade

13. Bessere Noten, aber trotzdem kein Streber werden

Ich will nach dem Abi schließlich nicht in einem Büro versauern, sondern einen aufregenden Beruf haben.

14. Mich um die Mitarbeit bei einem Onlinemagazin bewerben

Für ein Magazin arbeiten ist mein absoluter Traum!

15. Endlich mutig genug sein, einen Jungen anzusprechen

16. Ein Date haben

Ob mir das gelingen wird? Im Kletterwald war ich schon kurz davor, alles hinzuschmeißen. Haltet mir die Daumen, dass ich durchhalte! Aber für heute habe ich genug geplaudert. Ihr dürft neugierig auf die nächste Folge bleiben.

Eure Fee

Während ich das Video hochlade, stelle ich fest, dass außer meinem Bruder noch andere Zuschauer meinen Kanal abonniert haben. Das letzte Video hat bereits fünfzehn Klicks.

Neue Kleider für die Kaiserin

Was ist besser als ein Sonntag? Ein verkaufsoffener Sonntag mit Sommersonne und Flohmarkt. Den Tag kann mir nicht einmal Elaine verderben – also, jedenfalls hat sie es bis jetzt noch nicht geschafft. Mal abgesehen davon, dass sie mich seit Tagen um sechs Uhr aus dem Bett klingelt und mir im kurzen Sportdress Übungen vorturnt, die ich gefälligst nachmachen soll. Nach einigem Hin und Her habe ich ihr für heute Nachmittag eine kleine Runde Jogging versprochen. Seither herrscht wohltuende Ruhe.

Der Juniflohmarkt um die Einkaufsmeile herum ist immer genial, den darf man absolut nicht verpassen. Nirgends gibt es so unglaublichen Kram, von der schicken Retrohose aus den Achtzigern über nostalgische Plätzchenteller bis hin zu kitschigen Gemälden mit röhrenden Hirschen und dickem Goldrahmen. Gleichzeitig sind die Geschäfte geöffnet. Das ist nicht nur Shopping pur, sondern dazu noch Zeitreise mit Sightseeing. Ein kalorienfreier Eisbecher mit fettfreier Sahne obendrauf, der trotzdem schmeckt. Man findet immer etwas Besonderes zum Anziehen oder eine Kleinigkeit, um das Zimmer aufzupeppen. Bestimmt kann ich hier auch Geburtstagsgeschenke für Papa und Felix auftreiben. In unserer Klasse läuft außerdem seit Jahren ein inoffizieller Wettbewerb um das skurrilste Fundstück. In den nächsten Stunden werden ich und meine Freundinnen wie die Wahnsinnigen stöbern. Hoffentlich habe ich danach überhaupt noch genug Energie, um mich in die Joggingschuhe zu schwingen.

Sabs, Kara und ich sind extra früh aus den Federn raus und umkreisen das Gelände. Vorne suchen bereits eine Menge Leute, aber weiter hinten ist es noch ruhig. Schnäppchentime! Obwohl gerade erst die Sonne aufgeht, steht in der WhatsApp-Gruppe bereits das erste Fundstück für den Ugly-Contest: Paul sendet eine unglaublich hässliche Kristallvase, die ihm bis zur Hüfte geht. Natürlich hat er sich damit so fotografiert, dass das Foto sehr zweideutig und schlüpfrig aussieht.

»Iieeh, typisch Paul!« Ich schüttle mich.

Sabs stimmt mir zu. »Der geht gar nicht. So was von peinlich, der Typ.«

»Aber die Vase, die wird schwer zu toppen sein«, versuche ich, das Gespräch auf ein anderes Thema zu lenken. Aus den Augenwinkeln sehe ich, wie Karas Mund zu einem schmalen Strich wird. Ich blinzle und versuche, Sabs durch Augenrollen klarzumachen, dass sie aufhören soll. Aber leider schaut Sabs nicht in meine Richtung. Wir hatten vor Ewigkeiten mal darüber gesprochen, dass Kara Paul ganz niedlich findet. Wahrscheinlich denkt Sabs, dass es ein Scherz war.

Bevor ich das Thema wechseln kann, lästert Sabs munter weiter: »Wie kann man nur immer so peinlich sein? Der merkt gar nicht, wie alle über ihn herziehen.«

Karas Gesicht ist blass, aber beherrscht. »Schon mal dran gedacht, dass er ein unsicherer Mensch ist?«

»Der hat doch ein Ego bis zum Mond. Jungs in dem Alter, du weißt ja.«

»Und wenn es nicht so ist, my dear? Wenn er diese Fassade braucht, um all die Sticheleien wegzustecken?«

»Er könnte sich einfach normal benehmen.« Sabs wirft ihre blonden Locken zurück und tippt dann auf ihrem Handy herum, als interessiere sie das alles nicht.

»Es ist halt nicht jeder so ein Poser, der sich die Muskeln aufpumpt und auf dicke Hose macht.«

»Also, wenn einer aus unserer Klasse auf dicke Hose macht, dann ja wohl Paulchen.«

»Die sensiblen Typen werden immer gleich fertiggemacht. Anyway. Du verstehst das eh nicht.«

Jetzt zieht Sabs natürlich die beleidigte Schnute. Zwischen den beiden gefriert die Luft. Ich ziehe alle zwei an den Armen weiter. »Wir sind zum Bummeln hier, nicht zum Streiten oder Lästern.«

Wir schlendern an den ersten Ständen vorbei. Modellautos, Kinderspielzeug, Kinderklamotten. Dabei denke ich nach. Habe ich mich gerade verhört? Kara hat schlecht über genau die Art von Typen gesprochen, mit denen sie sonst ausgeht. Läuft da etwa was zwischen ihr und Paul? Traut sie sich vielleicht nicht, mir das zu erzählen?

Hilfe suchend schaue ich auf mein Handy. Nichts von Elaine zu sehen. Dafür öffnet Sabs eine private WhatsApp-Unterhaltung.

Sag mal, was ist denn mit DER los?

Du solltest nicht so über Paul lästern, schreibe ich zurück.

Ist sie etwa in DEN verknallt? Sabs Augenbrauen gehen in die Höhe. Sie mustert mich durchdringend.

55

Lass uns einfach entspannt shoppen. Ist doch okay, wenn sie ihn süß findet, tippe ich.

Für mich ist das Thema damit erledigt. Für Sabs nicht, das sehe ich ihr an. Aber sie wird sich hüten, das weiter mit mir zu diskutieren.

»Seid ihr zwei Gossip-Girls fertig mit Tratschen?«, fragt Kara kühl.

»Hey, das war nicht so gemeint.« Ich umarme sie. Sie macht sich steif wie ein Stock. Nein, es war wirklich nicht so gemeint und es tut mir leid. Weshalb ist es manchmal so schwer, einfach nur die Klappe zu halten?

»Sorry«, sagt Sabs und schaut dabei auf ihr Handy. Bestimmt erzählt sie jetzt alles brühwarm Charly, die mit Sommergrippe das Bett hütet.

Ich räuspere mich und ziehe Kara etwas zur Seite. »Lass uns doch mal überlegen, wie wir Paul klarmachen können, dass er es gar nicht nötig hat, sich so zum Deppen zu machen.«

»Du musst dir nicht meine Probleme aufhalsen, Honey.« Ihre Haltung ist noch immer kerzengerade, aber ihr Gang wird entspannter, nicht mehr so primaballerinenhaft.

»Ach, Süße«, ich knuffe sie leicht in die Seite. »Freunde sind doch dafür da, gemeinsam die tiefsten Abgründe zu überwinden.« Mir wird schwindlig, als ich an den Kletterwald zurückdenke, dann kommt der Stolz und endlich ernte ich ein kleines Lächeln von Kara.

»Du Eichhörnchen«, sagt sie, zieht an einer meiner roten Strähnen und lacht herzlich. »Nach was sollen wir für Felix und deinen Papa Ausschau halten?«

»Hm? Was zu lesen?«

Kara tätschelt mir den Arm. »Ich sehe schon, du brauchst eine Expertin in Sachen passende Geschenke.«

Die brauche ich tatsächlich.

Wir stöbern eine ganze Weile und unsere Taschen werden immer schwerer. Sabs ergattert für zwei Euro ein wunderschönes Minikleid, um das wir drei uns sicherlich gestritten hätten, wäre sie mit ihren mehr als 1,80 nicht die Einzige, der es passt. In meine Tasche wandern ein Stapel Oberteile und Stoff für Kissenhüllen. Es wird Zeit, dass ich die Kinderkissen mit den grasenden Ponys endlich loswerde.

Kara findet in einem riesigen Karton mit uraltem Kram ein abgewetztes Tagebuch mit Skizzen von Pflanzen. Keine von uns kann die alte Handschrift lesen, aber es sieht sehr schön aus. Genau das richtige Geschenk für meinen Vater! Ich versuche, gleichgültig auszusehen, während Kara den Händler mit unglaublichem Geschick von mehr als dreißig Euro auf nur sieben runterhandelt. Kaum um die Ecke jubeln wir und ich spendiere ihr eine Limonade.

Und dann sehen wir sie, die scheußlichste Scheußlichkeit des ganzen Juniflohmarkts: eine Porzellanuhr, die in ein Stück altes Wurzelholz eingebaut ist, verziert mit dicken, tanzenden Engelchen aus Filz. Das Ding würde ich nicht mal im Keller verstecken wollen. Wir posten ein Foto und sofort schießen wir im Ranking nach oben. Selbst Paul spricht uns im Chat ein Kompliment aus.

Schließlich stehen wir völlig aufgedreht im Schatten und begutachten unsere Beute. Da passiert es: Mein Handy vibriert, Elaine trällert unüberhörbar etwas von einem »süßen Volltreffer im Anmarsch.«

Mein Herz wummert sofort los. Ich straffe meine Schultern, fahre mir mit der Zunge über die Lippen und blicke auf, in der Erwartung, dem Jungen meiner Träume ins Gesicht zu sehen. Aber da sind bloß die warmen, dunklen Augen von Mateo.

»Hi, Fee«, sagt er ernst. Dann steht er einfach nur so da, in seinem grünen Shirt. Unter seinem Arm klemmt ein Basketball.

Das dunkle Grün passt gut zu seinen Haaren und zu seinen Augen, denke ich. Gleichzeitig frage ich mich, weshalb meine Knie so weich sind.

Gerade noch hörbar quetsche ich ein »Hi« über meine Lippen und versuche so auszusehen, als würden meine roten Wangen von der Sonne kommen. Meine Knie sind Schokoeis im Hochsommer, mein Magen fühlt sich so hart an wie ein Eisklotz in Alaska.

»Wie geht's?«, fragt Mateo locker.

»Öh«, stammele ich.

Mein Handy vibriert.

Fee an Körper: Das ist bloß Mateo! Nicht Robert Pattinson. Benimm dich!

Das Handy vibriert noch immer. Mein Körper reagiert nicht auf meinen Appell. Verstohlen linse ich auf das Display. Elaine im romantischen Sommerkleid. Auf dem Schild über ihrem Kopf steht »FLIRTEN!« in riesigen Buchstaben.

Flirten? Liebe Güte! Mir würde es schon reichen, wieder normal sprechen zu können. Aber mir fällt nur belangloses Zeug ein. »Ach, ich suche ein Geschenk für meinen Bruder. Aber du kennst ihn ja, es ist nicht so einfach, was für ihn zu finden.«

Mateo lässt seinen Blick über die Stände schweifen, als wolle er mir bei der Suche nach dem perfekten Geschenk helfen. Dabei bringt die Sonne seine Iris zum Leuchten. Warmes, dunkles Goldschokogoldbraun. Ich muss sofort aufhören, ihn anzustarren!

Nerd, Nerd, Nerd, denke ich.

Er scheint meine Gedanken zu lesen und sagt etwas total Nerdiges: »Ich glaube, Felix würde gern in *Arduino* und *Raspberry Pi* einsteigen. Da wäre ein Buch oder Bastelsatz nicht schlecht. Was Nerds eben so mögen ...«

»Klar, da hatte ich auch schon dran gedacht.« Ich versuche, selbstbewusst zu lächeln.

Mateo hebt kurz eine Augenbraue. Ist er erstaunt? Hauptsache, er fragt nicht nach, denn die Begriffe habe ich zwar schon gehört, aber ich habe keine Ahnung, was man mit diesen kleinen elektronischen Bauteilen anstellen kann.

»Hauptsache, du kleidest ihn nicht neu ein. Wir Nerds stehen zu unserem miesen Modegeschmack. Uns gefällt es nicht, wenn jemand uns aufhübschen will.«

Schreck lass nach. Hat Mateo etwa auch meinen Vlog angeschaut? Oder hat Felix ihm alles erzählt? Meine ohnehin schon schwachen Knie drohen, ihren Dienst zu quittieren.

Er lässt den Basketball einmal auftitschen und schaut mich an, als wäre ich der Albtraum aller Nerds. Wenn es nicht absolut albern wäre, würde ich ihm den Ball aus der Hand schlagen und dann ganz schnell wegrennen.

»Vielleicht sollte ich Felix ja tatsächlich etwas Nettes zum Anziehen schenken. Dann sieht er mal nicht aus wie von einem fremden Stern.«

»Ach, Fee«, sagt er und lacht. »Ganz tief in dir drin bist du absolut in Ordnung.« Kumpelhaft boxt er mir mit der Faust auf die Schulter und geht.

Meine Kinnlade klappt herunter. Ganz toll. Eine bessere Antwort fällt meinem Hirn nicht ein?

Kara legt mir die Hand auf den Ellbogen. »Was war das?«

Ja, was war das? Und dann dieser Abgang, als sei ich so ein Kumpeltyp-Mädchen ohne jeden weiblichen Reiz. Und weshalb regt mich das eigentlich so auf?

»Hübsche Augen«, kommentiert Sabs. Für einige Sekunden ist sie nicht mit ihrem Handy verwachsen. Sie verdreht den Hals, um Mateo hinterherzustarren. »Und ein hübscher Hintern.«

Während meine beiden Freundinnen die verschiedenen Vorzüge von Mateo aufzählen, schaue ich kurz nach Elaine. Sie scheint beleidigt zu sein, ihre Arme sind fest verschränkt.

»So wird das nichts, Süße.«

»Nein, so wird das wirklich nichts. Schlag mir bitte nur noch Jungen vor, die zu mir passen«, blaffe ich sie an.

Jetzt wird Elaine sauer. Zwischen uns knistert es. Aber nicht romantisch, sondern wie kurz vor einem tödlichen Blitzschlag. Ihre roten Locken sehen aus wie die Schlangen von Medusa. Sie stemmt die Hände in die Hüften.

»Gut aussehend, was im Kopf, Humor, passend zu deinen Internet-Profilen. Wenn du auf Mateo stehst, kann ich doch nichts dafür! Schnapp ihn dir, bevor Sabs es tut!«

Sie blendet den Auszug aus einer alten WhatsApp-Unterhaltung ein. Sabs schwärmt darin von Mateos Körperbau und seinen schwarzen Haaren. Unwillkürlich erröte ich.

»Sabs kann ihn haben. Mit Schleifchen drum herum und meinem Bruder obendrauf. Und du hältst dich aus meinen Chats raus!«

Kara stupst mich an. »Alles klar, Honey?«

»Ja, es ist nichts. Ich ... habe einfach laut nachgedacht.«

»Eingeschnappt wegen Mateo?«, fragt sie augenzwinkernd und formt mit ihren Fingern ein Herz.

»Lass uns für Felix ein T-Shirt mit Nerd-Logo suchen.«

Kichernd wühlen wir uns durch die nächste Reihe mit Ständen. Die Geschäfte öffnen nach und nach, die Sonne scheint herrlich warm. Es ist noch immer früh am Tag und ich habe noch immer Geld im Portemonnaie. Ich bin so gut gelaunt, dass ich das nächste Elaine-Gebimmel fast überhöre. Verstohlen linse ich nach links und rechts. Weit und breit kein schwarzer Haarschopf zu sehen, aber auch kein anderer Kandidat. Keine Ahnung, was das jetzt soll. Aus meiner Tasche singt Elaine noch immer von der großen Liebe. Sabs und Kara gucken schon.

Traumprinzalarm, steht auf Elaines Schild. Daneben sehe ich das Foto eines Jungen mit braunem Wuschelhaar und netten Grübchen. In einem winzigen Kompass kreiselt eine Nadel. Elaine gestikuliert, als wolle sie Tauben verscheuchen. Tatsächlich steht in Kompassrichtung der Braunschopf an einem Stand mit Autoteilen. Ich komme nicht drauf, wo ich ihn schon mal gesehen habe, bis ich merke, dass jemand über meine Schulter späht. Lange Haare kitzeln mich an der Nase.

»Ach nee.« Sabs schnalzt mit der Zunge. »Der Danny.«

Mir fällt auf die Schnelle nichts besseres ein, als die App zu schließen. Schneller als ein geölter Blitz hat sich Kara mein Handy geschnappt. Sabs wirft sich vor sie, ich habe keine Chance und muss hilflos mitansehen, wie Kara auf meinem Handy herumtippt.

»Was ist *das*?«

»Was hast du mit Danny?«

»Fee hat einen Freund und sagt es uns nicht!«

»Aber ich dachte, Mateo ...«

»Aus, aus, aus!« Ich beherrsche mich, damit ich nicht wie ein aufgescheuchtes Huhn um die beiden herumspringe. Sofort sind sie still.

»Ihr versteht das völlig falsch.«

»Honey, das hier kann man nicht falsch verstehen.« Kara hält mir das Display entgegen. Elaine hat sich verkrümelt, dafür strahlt mir auf altrosa Hintergrund, mit rotem Rahmen Dannys Bild entgegen. Darunter steht *Traumprinz*, Herzchen schweben herum. Der Kompass weist zu Danny herüber, der gerade eine Felge begutachtet.

Er winkt. Ich winke zurück und schenke ihm ein zuckersüßes Lächeln.

Er wirkt irritiert. Dann blicke ich endlich, dass er nicht mich gegrüßt hat, sondern Sabs, die ein »Hey, Danny!« zu ihm hinüberruft. Er winkt noch einmal, lächelt und wendet sich dann wieder den Autoteilen zu.

Mein Herz hat nach dieser Peinlichkeit einen Abgang in Richtung Füße gemacht. Mir ist ein wenig schwindlig. Vielleicht sollte ich diese scheußliche Tischdecke kaufen, über die meine Hände gerade streifen? Die kann ich mir über den Kopf werfen, zwei Löcher reinschneiden und zumindest für heute wären meine Probleme gelöst.

Danny, denke ich. *Ja, der wäre schon nach meinem Ge-*

schmack. Jetzt muss ich nur noch ... ja, *nur* noch Punkt 9 anpacken: Jungs gegenüber nicht mehr so schüchtern sein. Einfach so rüberschlendern und ihn zu einem Eis einladen. Leider sind meine Füße gerade mit dem Boden verwachsen.

Energisch packt Kara mich an der Hüfte und dreht mich zu sich herum. »Eichhörnchen, hörst du mir zu?«

Ein *Nein* wäre zu ehrlich. Ich winde mich aus ihrem Griff und strecke die Hand aus. »Mein Handy.«

»Netter Versuch.« Sabs schnaubt. »Jetzt erzähl alles!«

Also fange ich ganz am Anfang an. »Wir mussten doch in Informatik eine App basteln.«

Beide seufzen. Stimmt, diese Aufgabe sorgte für wenig Begeisterung. Ich zögere kurz. Soll ich ihnen beichten, dass ich keine Ahnung habe, weshalb Elaine sich von der Listenwächterin zur Wächterin über mein Liebesleben aufgeschwungen hat? Vielleicht habe ich ja unbewusst die App genau so programmiert, dass mein 16-Stufen-Plan mich am Ende wirklich zu meinem Traumprinzen führt? Ganz abwegig ist das ja nicht. Jedenfalls habe ich beim Erstellen der Liste ständig daran denken müssen, wie die *neue* Fee Jonas beeindrucken wird.

Ich entscheide mich für die halbe Wahrheit. »Also, diese App, das sollte ja nur eine Liste mit Lebenszielen werden. Aber ich dachte mir: Mit einer Liste kann man ja auch den perfekten Typen suchen. Und das probiere ich gerade aus.«

»Wow! Und das funktioniert?« Kara mustert mein Handy, als wäre es ein Zauberstab, der auf magische Art und Weise jede Krankheit der Welt heilen könnte, inklusive Herzschmerz und Liebeskummer.

»Na ja. Ich bin noch in der Testphase.«

»Bitte lächeln.« Wie aus dem Nichts steht Paul vor uns. Wir heben die Köpfe und er knipst.

Sekunden später können wir unsere erstaunten Gesichter auf WhatsApp bewundern. Untertitel: Blond, rot, blond – die Farben der Saison.

Das Thema *Sweet 16* ist vom Tisch und mein Hals gerettet. Wir geigen Paul erst einmal gehörig die Meinung.

Die Kirschen sind fast reif. Ich liege auf dem Rasen und starre zwischen die Zweige. Immer wenn der Wind die Blätter rascheln lässt, kneife ich die Augen leicht zusammen. Bislang ist mir allerdings noch keine Kirsche auf die Nase gefallen. Die Briese kühlt mir die verschwitzte Stirn.

»Eine Runde schaffst du noch«, muntert mich Elaine auf. »Hopp!«

Ich stöhne und bleibe liegen. Eine halbe Stunde joggen und fast vierzig Sit-ups und Crunches sind genug für den Anfang. Finde ich. Elaine sieht das natürlich anders. Muss sie ja. Ist schließlich ihr Job.

»Eine noch, für mich.«

»Vierzig«, schnaufe ich und stemme meine Ellbogen den Knien entgegen.

»Neununddreißig«, korrigiert mich Elaine. Ihr Tonfall ist spöttisch, leicht gedämpft von den Grashalmen um das Handy herum.

Tatsächlich lasse ich mich von ihr anstacheln und schaffe es noch ein Mal. Dann strecke ich mich flach aus und beschließe, nie wieder aufzustehen.

»Liegestütze?«, schlägt das kleine Biest vor.

Meine Antwort ist ein mattes Ächzen.

»Disziplin, meine Liebe.«

»Ich bin so diszipliniert wie noch nie in meinem Leben!«, maule ich.

»Wir wissen doch beide, dass noch viel mehr in dir steckt!«

Ach ja, wissen wir das? Ich schnappe mir das Handy, obwohl meine Arme schlaff wie leere Luftballons sind. Typisch Elaine. Hopps, hopps. Sie springt in ihrem knappen Dress herum wie eine Fitnessgöttin. Wenn ich ein schwereloser Avatar wäre, könnte ich das auch. Es wäre leicht, aus Elaine einen dicken, faulen Klops zu machen, aber das würde mich nicht so ansporne.

Die Gartentür öffnet sich. Felix schlüpft hindurch und schlängelt sich an den Bohnenranken vorbei.

»Wie du möchtest. Dann dehn dich noch ein wenig zur Entspannung. Übermorgen schaffst du fünfunddreißig Minuten.«

»Klar«, murmle ich. Meine Hände liegen links und rechts im Gras. Unvorstellbar, dass ich mich überhaupt irgendwann wieder bewegen kann.

»Hey.« Felix' Gesicht schwebt über mir. Auch er sieht verschwitzt aus, sein Shirt hat dunkle Flecken. »Sollen wir morgen mal zusammen laufen gehen? Ich kenne da eine schöne Strecke entlang dem ...«

Mein Blick spricht Bände und endlich kapiert er auch, dass gemeinsamer Sport gerade das falsche Angebot ist.

»Übermorgen. Vielleicht. Ein Tag Pause, du weißt schon.«

»Muskelregeneration, klar.« Mit dem Zeigefinger zupft er an seinem unteren Augenlid.

»Feeelixchen«, schnurre ich ihn an.

Er versteht und hockt sich neben mich auf den Rasen.

»Wir müssen mal über Elaine reden.«

»Hör zu, das mit den Klamotten hab ich gern für dich getan. Aber wenn jetzt eine deiner Freundinnen denkt, dass ich ...«

»Die Tussi aus der App.«

»Tztztz, liebe Fee!«, meldet sich prompt Elaine. »An deinen Manieren arbeiten wir als Nächstes.«

»Klappe!« Ich schalte das Handy aus. »Verstehst du, was ich meine?«

Ein anerkennender Pfiff von Felix. »Die hast du ja verflucht biestig eingestellt.«

»Ich? Du hast da irgendwas eingebaut, als du mir helfen wolltest.« Jetzt raffe ich mich doch auf, stemme meinen Oberkörper auf die Ellbogen und schaue meinem Bruder in die Augen. »Sieh mal, Mateo ist ein netter Kerl, aber hör bitte auf, mich mit ihm zu verkuppeln.«

»Wovon redest du?«

»Von der App. Du hast mir doch ein paar Tipps gegeben, als ich das Ding programmiert habe, und jetzt versprüht sie Herzchen, wenn Mateo in der Nähe ist.«

»Was hast du denn? Es ist bloß eine App. Wenn es zwischen dir und Mateo nicht funkt, dann ist das doch völlig in Ordnung. Ein Algorithmus bestimmt nicht über dein Leben.« Er zieht die Brille ab und putzt die Gläser an seinem Shirt. Unmöglich, dass sie davon sauber wird.

Neues aus Fees fabelhaftem Atelier:

Liebe Kreative!

Falls es euch mal an Inspiration fehlt, dann empfehle ich den nächsten Trödelmarkt.

Mit ganz viel Zeit und Fantasie findet man dort das ein oder andere Schätzchen. Manche sind sehr versteckt und sehen auf den ersten Blick nicht wie solche aus. Der Nachteil von Flohmärkten ist, dass man dort so leicht Leuten begegnet, die einem den Tag verderben. Und ich wittere, dass mein Bruder mich mit seinem Kumpel verkuppeln will. Er streitet natürlich alles ab. Er sollte lieber nach einem netten Mädchen für sich selbst Ausschau halten.

Kommen wir jetzt zu unserem heutigen Projekt. Ich hatte euch versprochen, dass sich diesmal alles um T-Shirts dreht. Und weil heute Trödelmarkt war, sind mir ein paar ganz interessante Teile in die Hände gefallen.

*

Nacheinander lege ich drei Shirts vor der Kamera aus. Ein gelbes, eins mit Rüschen und eins mit den Beatles als Schattenriss.

*

Aus diesen alten Schätzchen nähe ich gleich etwas Neues. Wenn ihr keine Nähmaschine habt, könnt ihr die Nähte auch mit Textilklebeband verbinden. Das wird gebügelt und hält bombenfest.

So, was haben wir nun genau vor? Ich werde gleich die Beatles sorgfältig ausschneiden und als Applikation auf dieses gelbe Shirt nähen. Umsäumen werde ich das Ganze mit den Rüschen, damit es wie ein Bilderrahmen aussieht. Außerdem ersetzen wir diese langweiligen gelben Ärmel durch die Puffärmel des Rüschenshirts.

*

Das weiße Rüschenshirt hat einen großen Tomatenfleck, der sich bestimmt im Leben nicht auswaschen lässt. Es tut also nicht weh, dieses Teil zu zerschneiden. Ebenso ist das Beatles-Shirt ein Fall für die Altkleidertonne, denn es ist am Rücken recht abgewetzt. Da hat wohl jemand oft einen Rucksack getragen. Vorsichtig schneide ich die Beatles und ein paar Rüschen aus und rücke die Nähmaschine ins Bild.

*

So. Für die Rüschen habe ich mir jetzt einen gelben Faden herausgesucht, der zum Shirt passt. Das ist ein klein wenig auffällig, aber ich finde, es passt gut zum Gesamtergebnis. Die Beatles lege ich leicht schräg hin, damit es flotter aussieht. Das Ganze stecke ich fest, dann verrutscht nichts.

*

Es dauert eine ganze Weile, bis die Rüschen befestigt und die luftigen, neuen Ärmel angenäht sind. Dann bin ich fertig und halte mein neues Shirt in die Kamera.

*

Voilà! Mein neues Sommershirt im dezenten Rocker-Look. Ich glaube, dazu trage ich dann enge Bluejeans. Wäre es nicht total praktisch, wenn man sich aus drei mäßigen Typen seinen Traumprinzen zusammenstellen könnte? Weshalb funktioniert das bei T-Shirts, aber bei Jungs nicht?

Nächstes Mal geht es darum, langweilige Schulutensilien aufzupeppen. Es bleibt also spannend.

Tschüs für heute,

eure Fee

Huch, die Zahl meiner Abonnenten ist wieder gestiegen. Auf über zwanzig! Und die Klicks für das erste Filmchen haben sich auf über fünfzig erhöht. Wow! Es macht richtig Spaß, andere zu inspirieren. Das heißt, ich hoffe natürlich, dass meine Zuschauer wegen der kreativen Ideen eingeschaltet haben und nicht, weil ich der nächste peinliche Internet-Hit bin. Die Nicknames sagen mir alle nichts, also sind das sicher Leute, die mich gar nicht kennen. Wie aufregend!

Ich glaube, ich gebe die Kommentare frei. Ich fühle mich bereit für gute und schlechte Kritik. Dann weiß ich wenigstens, was ich eventuell noch besser machen kann.

Ein Kleckschen hier, ein Kleckschen da

»Fall mir nicht schon wieder in den Farbtopf, Süße! Punkt 3 kannst du auch dezenter umsetzen.«

»Elaaaihain! Du bist nicht meine Maaahmaaaa.« Ich klopfe gegen das Handydisplay, wie jemand, der einen Goldfisch ärgern möchte.

Das Biest lässt sich davon natürlich nicht beeindrucken. Ich bin gerade dabei, meinen Schminkkram und ein paar Klamotten in einen großen Rucksack zu werfen. Sie fragt gelegentlich, was ich alles mitnehme, und gibt mehr oder weniger hilfreiche Ratschläge. Immer wieder muss ich Lord und Lady von meinen Sachen hieven. Na klasse, überall weiße Katzenhaare! Bäh! Dabei haben die Viecher bei mir eigentlich Zimmerverbot.

Heute treffen wir vier Freundinnen uns bei Kara, die mal wieder sturmfreie Bude hat. Wir müssen nämlich dringend den *großen Abend* vorbereiten. In zwei Wochen feiert Fabi in der alten Scheune seinen achtzehnten Geburtstag. Keine von uns kennt ihn persönlich. Aber jeder kennt jemanden, der Fabi kennt. Schließlich ist er einer der begehrtesten Jungs unserer Schule – leider vergeben – und er weiß, wie man es richtig krachen lässt. Diese Party ist ein absolutes Muss und das größte Highlight des Schuljahres.

»Elaine, ich male mich schon nicht mit dem ganzen Zeug auf einmal an.«

»Wenn du eine Woche lang geschminkt in die Schule gehst, rechne ich dir Punkt 3 als erfüllt an.«

Ich brumme vor mich hin und ignoriere sie. Leider ist es verflixt praktisch, Elaines Listenfunktion zu benutzen, sonst würde ich sie einfach abschalten. Ich sage ihr, was ich mitnehmen möchte und was davon schon eingepackt ist. Sie erinnert mich an vergessene Sachen und gibt mir Tipps. Nebenbei liest sie mir vor, was gerade bei WhatsApp los ist, und ich diktiere ihr Antworten.

»Hey! Ich bin nicht deine hirnlose Sekretärin.« Sie sitzt in einem flauschigen Sessel, die endlos langen Beine über die Lehne gestreckt.

»Du bist eine App, Elaine. Ich kann dich jederzeit durch eine langweilige Stimme ersetzen, die mich einfach nur an die offenen Punkte auf meiner Liste erinnert. Oder ich verwandle dich in eine warzige Kröte, die ständig pupst.«

»Tu es doch.«

»Sei still und kontrolliere, ob ich alles eingepackt habe.«

»Wenn du nichts Besseres zu tun hast, als mit mir zu zanken, frage ich dich ein paar Vokabeln ab. In zwei Tagen schreibst du einen Englischtest, und wenn du so weitermachst, wird das nichts mehr mit Punkt 13.«

»Bist du fertig mit der Besserwisserei?«

»Übrigens fährt dein Bus in drei Minuten«, flötet Elaine.

Ich funkle sie böse an. Damit hätte sie ein wenig früher rausrücken können. Unsanft schubse ich Lord von meiner Jacke, stopfe alles Erreichbare in den Rucksack und sprinte los.

Heldenhaft springe ich in letzter Sekunde in den Bus, die Türen zischen bereits. Nachdem ich mein Schülerticket vorgezeigt habe, möchte ich am liebsten zum nächsten Sitzplatz kriechen. Mein Muskelkater mutiert gerade zur Wildkatze. Aber ich habe den Bus noch gekriegt. Das regelmäßige Training macht sich bereits bezahlt.

Kaum habe ich mich in einen Sitz fallen lassen, merke ich, wie die ersten Regentropfen gegen die Fensterscheibe prasseln. Als der Bus an einer Ampel hält, beobachte ich ein Pärchen, das eng umschlungen auf einer Bank sitzt und sich nicht vom Regen stören lässt. Mein Herz schlägt schneller. So muss es sein, wenn man den Richtigen gefunden hat. Ich stelle mir vor, zusammen mit Jonas auf dieser Bank zu sitzen. Wir sind so verliebt, dass wir den kühlen Regen und die Welt um uns herum vergessen und nur noch einander spüren.

Der Bus fährt an, ich verliere das Paar aus den Augen. Schnell krame ich mein Notizbüchlein hervor und versuche, diesen Eindruck in einer Zeichnung festzuhalten. Zwei Münder, die sich zu einem zarten Kuss treffen und verschmelzen. Die Wirklichkeit, die sich auflöst, der Regen, der die Szene verwischt.

In der nächsten Kurve rutscht mir der Bleistift durch die Skizze. Heute Abend werde ich mit Kreide ein richtig schönes Bild aus dieser Idee machen.

Kara lehnt in den Polstern ihres Sofas, wie eine verträumte Prinzessin. Wenn man sie nicht kennen würde, könnte man anhand ihres Zimmers auch glauben, sie wäre eine. Eine Ballettprinzessin. Ihre Familie wohnt in einem riesigen Haus, Kara hat ganze zwei Zimmer für sich allein. Sie sind so groß, man könnte auf dem Parkett tanzen. Aber das würde Kara niemals tun, denn Ballett gehört für sie nicht in die heimischen vier Wände. Hier schindet sie höchstens ihre Gehirnzellen auf dem Weg zur nächsten Bestnote.

Letztes Jahr hatte sie ein Vortanzen für eine Ballettakademie mit Internat. Sie hat die Aufnahmeprüfung nicht bestanden und ich war froh, dass sie nicht weggegangen ist. Aber es war auch hart, sie unter der Niederlage leiden zu sehen. Kara hat zwei Tage lang geheult und danach all ihre Kara-Energie mit einem Schlag auf ein neues Ziel ausgerichtet: nach einem Abi mit Bestnoten Medizin oder Bionik studieren.

Wir fläzen auf ihrem weichen Teppich, tratschen ein wenig und stopfen Süßkram in uns rein. Also, ich stopfe nicht und schaue immer weg, wenn das nächste Stück Schokolade im Mund einer meiner Freundinnen verschwindet. Dafür versuche ich, vollkommen zufrieden auszusehen, als ich in einen Apfel beiße. Ich mag Äpfel, aber sie sind eben keine Schokolade. Da hilft es auch nicht, wenn ich ständig daran denke, dass ich Punkt 12 bald abhaken kann.

Charly beginnt damit, ihre Tasche auszuräumen. »Legen wir los? Lasst mal sehen, was in euren Taschen steckt.«

Natürlich hat sie eine ganze Menge hautenger winziger Glitzerfummel dabei, die keine Frau unter 1,80 tragen kann. Aber einmal anprobieren will ich die Kleider trotzdem.

Der Boden vor dem Sofa füllt sich mit Klamotten und Make-up. Kara holt ihre Schminkbücher und zwei Magazine vom Regal. Wir probieren Fummel, Frisuren und Schminktechniken durch und versuchen, die Tricks herauszufinden, mit denen die Jungstars aus Hollywood erwachsener wirken.

»Cute!« Kara wirft mir einen Kussmund zu.

Was ich in meinem Schminkspiegel sehe – zu dunkle Smokey Eyes, dazu zartrosa Lipgloss und riesige Lockenwickler-, ist eine Art Schreckgespenst.

»Ich sehe gruselig aus.«

»Nicht so viel Drama, Honey! Das steht dir.«

»Umso schlimmer!«, stöhne ich.

»Okay, okay. Abschminken und wir versuchen etwas anderes.«

Ich reiße an den orangeroten Strähnen herum. »Zu der Haarfarbe passt einfach nichts!«

Sie lächelt. »Die Haarfarbe passt zu dir, und den Stil dazu finden wir noch.«

Ich stöhne. Mein Kinn sinkt von ganz allein auf das Tischchen. Vor meiner Nase stehen Dutzende Flakons, Tiegel und ein gigantischer Koffer mit Profi-Schminkutensilien. Ich versinke kurz im Geruch von Vanille und Puder. »Und das richtige Outfit habe ich auch noch nicht, geschweige denn Schuhe. Das Leben ist so kompliziert.«

Mit ihren kraftvollen kleinen Händen knetet Kara mir die Schultern, bis ich »Autsch!« rufe und mich wieder gerade hinsetze. Sollte es mit dem Medizinstudium nicht klappen, werde ich ihr eine Karriere als Thai-Masseuse empfehlen.

»Schokolade, Eichhörnchen?«

»Nee danke. Schokolade ist nicht die Lösung für alles.«

»Soll ich in der Küche nach einem Gürkchen suchen?«

Ich seufze wieder und schüttle den Kopf. Gerade fühle ich mich wie ein weggeworfener alter Waschlappen. Und ich kann nicht mal haufenweise Süßkram futtern. Wenn Schokolade wirklich eine Lösung wäre, würde ich nicht darauf verzichten.

Während Kara konzentriert in einer Frauenzeitschrift blättert, kritzle ich auf ihrem Notizblock herum: Ein Selbstportrait von mir als Medusa mit orangefarbenem Schlangenhaar.

»Die ist ja niedlich«, flüstert Kara, als sie die Zeichnung entdeckt. »Darf ich mir die aufhängen?«

Ich zucke mit den Schultern. Manchmal schwatzt Kara mir ein Bild ab. An der Wand über dem Flügel kann ich meine zeichnerischen Fortschritte der letzten Jahre sehen.

Plötzlich zupft Kara an meinen Haaren. »Wenn dir diese Frisur nicht gefällt, wie wäre es dann mit lockerem Hochstecken, Fee?«

»Ich hätte lieber eine elegante Welle.«

»Probieren wir einfach beides. Entspann mal deine Schultern.« Kara kneift mir in die harten Muskeln.

»Ich versuche es ja ... Autsch!«

Wieder kneift Kara, diesmal deutlich fester. »Weißt du, was dir richtig gut stehen würde, Fee? Ich habe da eine pastellrosafarbene Bluse von Vivienne Westwood. Die ist mir zu groß.«

Im Spiegel sehe ich, wie Charly und Sabs synchron die Kinnladen herunterklappen.

»Wow, Kara, das ist ... cool!« Ich springe auf und drücke sie. Aus meinen Haaren regnen die Lockenwickler. Kara hat mir immer alles ausgeborgt, aber niemals etwas aus ihrem Kleiderschrank.

75

»Ich zeige sie dir nachher und bringe sie zum Styling vor der Party mit. Muss noch eine Naht ausbessern.«

Soll ich ihr anbieten, das mit dem Nähen zu erledigen? Kara hat ein seltsames Funkeln in ihren Augen, sie wirkt beinahe bösartig. Besser nicht, sonst zieht sie ihr Angebot am Ende noch zurück. Ich freue mich einfach noch ein bisschen.

»Was für Hühner!«

»Elaine!«

Sie hat extra gewartet, bis ich aufs Klo gegangen bin. Jetzt stehe ich vor dem großen Spiegel und knabbere an meiner dunkelroten Unterlippe. Gerade fand ich die Hochsteckfrisur noch unheimlich erwachsen, jetzt habe ich das Gefühl, ich sehe maximal aus wie dreizehn. Der Lippenstift wirkt knallig und beißt sich mit meiner Haarfarbe. Erstaunlich, was so ein kleiner Unterschied im Licht ausmacht. Karas Schminktisch ist fast tageslichtweiß beleuchtet, hier im Bad ist das Licht wärmer.

»Mit der Haarfarbe kann ich machen, was ich will.« Ich zupfe mir einige Strähnen aus der Frisur. »Das Orange macht mich immer mindestens zwei Jahre jünger.«

»Es ist Sommer. Da darf man ein bisschen süß aussehen.«

»Ich gehe auf eine Party, nicht ins Schwimmbad. Mit schwarzen Haaren würde man mich eher ernst nehmen.«

»Meinst du?« Elaine färbt in Windeseile ihre Haare um. Ihre Kleidung ist allerdings viel zu elegant. Mit diesem Look würde sie auf keine Party kommen. Die Haare: ja. Aber der Rest ist eher was fürs Büro.

»Ja, ganz eindeutig. Rote Haare wirken niedlicher.«

»Fee, du bist eine Pessimistin.«

Bin ich das? Hat diese Comicfigur mit dem ätzenden Humor etwa recht?

»Du musst dich entspannen«, versucht Elaine es im Guten. »Fang doch gleich heute Abend mit dem Yoga an. Punkt 6, denk daran.«

»Mal sehen, ob ich Lust habe. Was soll ich jetzt mit meinen Haaren machen?«

Ihre Schultern heben sich kurz. »Es gibt bestimmt eine App mit Stylingtipps.«

Ich nehme die Spange aus dem Haar und entwirre mit den Fingern die Strähnen, dann kämme ich grob die antoupierten Stellen aus.

»Wenn ich links und rechts so eine große, weiche Welle hätte – ungefähr wie Madonna.« Ich zupfe ein wenig. Ja, das könnte gehen.

Ein Klopfen an der Tür. Vor Schreck reiße ich mir an den Haaren.

»Autsch!«

Es ist Sabs. »Hey Fee, bist du ins Klo gefallen?«

»Kannst reinkommen.«

Sie schiebt sich durch die Tür, schließt ab und lässt sich auf den Klodeckel plumpsen. »Uff, Pause! Langsam weiß ich gar nicht mehr, was ich anziehen soll.«

»Ich glaube, ich habe mein Frisurenproblem gelöst.«

Sabs kichert. »Wie mein Vater. Der geht auch immer aufs Klo, wenn ihm sonst nichts mehr einfällt.« Sie sinkt schlapp zurück und kommt dabei an die Klospülung. Wir kichern beide albern, als das Wasser gurgelt.

»Da hat er halt mal Ruhe vor euch.«

Sabs hat vier Geschwister, alle jünger.

Sabs streckt sich. »Anfang August habe ich meinen ersten guten Job als Fotomodel. Da habe ich wirklich hart für gekämpft.«

»Cool.« Ich ringe mir ein Lächeln ab. *Hart an sich arbeiten, kämpfen, diszipliniert sein.* Das alles klingt so einfach. Dabei ist es total schwer, sein Leben zu ändern.

Sabs liegt noch etwas auf dem Herzen. Ich spüre die Anspannung in der Luft, als ich die Hand auf die Türklinke lege. »Was läuft eigentlich zwischen dir und diesem Mateo?«

Die Frage trifft mich, als hätte jemand die Türklinke unter Strom gesetzt. Sofort stehe ich kerzengerade.

»Oh, ist schon okay. Dann lasse ich die Finger von ihm.«

Weshalb ist mein verflixter Mund so trocken? Meine Zunge scheint aus Blei zu sein. Langsam drehe ich mich zu Sabs herum. Sie ist aufgestanden und ich schaue zu ihr auf, wie ein kleines Schaf zu einer Giraffe.

Mäh, denke ich.

»Das ist nur so eine blöde Masche von meinem Bruder.« Die Worte fallen aus meinem Mund wie Pflastersteine. »Der will mich mit seinem Nerdfreund verkuppeln.«

Ich lese in ihren Augen: *Braves Schaf.*

»Dann hast du sicherlich nichts dagegen, wenn ich ...«

Ich reiße meine Schafsaugen auf. »Mit Schleife drum herum kriegst du den!«

»Öhm. Gibt es da etwas, das ich wissen sollte? Steht er auf Jungs?«

»Nein!«, beeile ich mich zu sagen.

»Na, dann würde ich sagen: meiner.« Sie wirft ihr Haar mit einer eleganten Handbewegung zurück. »Gehen wir rüber?«

Im Spielzimmer plätschern kuschelige Songs aus den Lautsprechern. Kara hat sich total verwandelt. Die High Heels, die sie vorhin noch für irgendeine Gelegenheit verwahren wollte, schmiegen sich an ihre Füße. Dazu trägt sie ein umwerfendes Kleid: eine schwarze, kurze Röhre, mit drei glitzernden Spaghettiträgern auf jeder Schulter. Je nach Lichteinfall sind Teile des Kleides auf eine raffinierte Art leicht durchsichtig. So könnte sie auch über einen roten Teppich flanieren. Dann fiept ihr WhatsApp und sie stürzt zum Sofa.

»Was sagt er?«, haucht Charly andächtig.

Als Kara sich umdreht, fixiert sie Sabs und mich und strahlt dabei übers ganze Gesicht. Ihre Stimme überschlägt sich leicht: »Ich habe ein Date mit – ratet! – Josh!«

»Uh.« Ein kleiner Schimpansenlaut ist alles, was Sabs dazu entfleucht. Mir hat es ebenso die Sprache verschlagen.

Johannes »Josh« Selbter. Damit hat Kara den dicksten Fisch an der Angel, den man sich in dieser Kleinstadt angeln kann.

Ich sollte jetzt so etwas kreischen wie »Glückwunsch« oder »Ich freue mich so für dich!«, aber statt mich für sie zu freuen, denke ich bloß daran, wie meine Chancen stehen, Jonas zu erobern. Die guten Jungs werden doch immer von perfekten Mädchen wie Kara geschnappt oder von Superblondinen wie Sabs. Und ich, ich bin eine mittelgroße, unscheinbare Neu-Orangehaarige.

Irgendwie erscheint dann aber doch ein Lächeln auf meinen Lippen. Und eigentlich freue ich mich auch für sie. Aber ich wäre halt langsam auch gerne an der Reihe und möchte eine Einladung von Jonas bekommen. Ich strecke die Arme aus. Kara fällt hinein. Ich drücke sie und ein bisschen ist es wie immer, wenn wir uns für die andere freuen.

»Meine Frisur«, nuschle ich in Karas Weizenhaar.

Kara drückt fester. Ihre trainierten, langen Ballerinaarme halten mich wie in einem Schraubstock.

»Ich schaue dein Vlog, Fee. Bitte sag nie wieder solche gemeinen Sachen über Paul und mich«, flüstert sie.

Sie löst sich von mir und sagt scheinbar fröhlich: »Was du da hast, ist bloß ein Bad Hair Day, Honey.« Ihr Mund strahlt, aber in ihren Augenwinkeln glitzern Tränen.

Obwohl mein Herz schwer und kalt ist, spiele ich mit. »Ich weiß jetzt, was ich mit Haaren und Make-up mache.«

»Na dann, Ladys: back to work!«

Neues aus Fees fabelhaftem Atelier:

Liebe Kreative!

Die Jungs unter euch hören mal besser weg.

Wenn es keinen Trödelmarkt in der Nähe gibt, was kann einen dann besonders inspirieren? Natürlich ein gemütlicher Nachmittag mit den besten Freundinnen. Schminken, Klamotten von den anderen durchprobieren, Frisuren von Stars nachmachen.

Ein Mädchentag mit Mädchenkram halt.

Es wäre natürlich interessant zu wissen, ob ihr Jungs auch Jungsabende macht und ob es dabei um etwas anderes als um Autos und Youtube-Videos geht ... Aber gut, was inspiriert mich noch? Magazine durchblättern, klar. Oder ein gutes Buch, in dem ich einen ganzen Regennachmittag lang versinken kann. Und natürlich vor mich hin kritzeln, in mein Notizbuch.

*

Ich halte es in die Kamera. Eigentlich kann man mein Notizbuch nicht in der Öffentlichkeit zeigen. Abgesehen davon, dass es einfach nur ein langweiliges beigefarbenes Büchlein mit weißen Seiten ist, ist der Kartoneinband auch noch übersät von Kaffeeflecken, Tintenklecksen und verwischten Schokokrümeln. Einige Seiten sind gewellt, weil mir da in der Badewanne eine Idee für eine Zeichnung kam.

*

Jedenfalls kann ich mich mit diesem Notizbuch kaum in einen Bus setzen. Es sieht einfach zu gammelig aus. Deshalb zeige ich euch heute, wie ihr ganz einfach eine schicke Hülle für euer Buch basteln könnt.

Umschlag Nummer eins kommt ohne Nähen aus. Ich habe mir dafür auf dem Bücherflohmarkt in der Bücherei ein uraltes Kinderbuch besorgt. Kennt noch jemand von euch *Colleen* von Sigrid Heuck? Dieses uralte Pferdebuch über ein irisches Pony? Wenn ja, dann habt ihr euch einen dicken Pluspunkt verdient.

*

Ich halte das Buch in die Kamera. Ein gezeichnetes grasendes Pony inmitten grüner Hügel. Mein Herz macht einen kleinen Hüpfer, weil so viele Erinnerungen an diesem Roman hängen. Es riecht gebraucht und nach Bücherei. Aber noch viel mehr riecht es nach glücklicher Kindheit.

Dann klappe ich das Buch auf. Es ist nur noch eine leere Hülle, den Buchblock habe ich vorsichtig herausgerissen. Während ich Stoff zurechtschneide, erzähle ich die Geschichte, die mich mit *Colleen* verbindet.

*

Wisst ihr, ohne genau dieses Exemplar hätte ich Kara nie kennengelernt. Wir waren beide acht Jahre alt und absolute Pferdenarren. So richtig, richtig schlimm. Ich glaube, ich habe mein komplettes Taschengeld in Dinge investiert, auf denen ein Pferd drauf war: Malen nach Zahlen, Stickkram, Poster, Puzzle, Tassen ... alles!

In der Bücherei waren die Pferderomane ständig ausgeliehen oder ich kannte sie schon auswendig. Aber dann entdeckte ich *Colleen* und wusste: Das muss ich lesen! Sofort!

Ihr kennt das bestimmt. Man will etwas haben, und zwar nicht morgen oder in einer Woche, sondern genau jetzt. Ein Wunsch wie eine heiße Flamme.

*

Unterdessen habe ich den Stoff in die leere Buchhülle eingepasst und angeklebt. Links und rechts steht jeweils ein ganzes Stück davon über.

*

Ich steuere also auf das Buch zu und will es mir unter den Nagel reißen. Und dann hat es plötzlich Kara in der Hand.

Zack! Da stand ich und wusste nicht, was ich machen sollte. Weinen oder mich mit ihr um das Buch zanken? In dem Moment schauen wir uns an und etwas Magisches passiert.

»Wir können es doch zusammen lesen«, sagt sie.

Das haben wir dann auch getan. Seither haben wir nicht nur sämtliche Pferdebücher geteilt, sondern auch unser halbes Leben: Geheimnisse, Schwärmereien, Hausaufgaben.

Vor ein paar Tagen habe ich dann etwas echt Dummes getan: Vor allen Leuten habe ich etwas ziemlich Blödes über sie gesagt. Kara, es tut mir leid. Ich weiß, dass ich das nicht ungeschehen machen kann. Ich hoffe, du freust dich trotzdem über diese Buchhülle und nimmst meine Entschuldigung an.

Damit man die Hülle jetzt als Schutzumschlag für andere Bücher verwenden kann, klappe ich die überstehenden Stoffenden ein und klebe sie oben und unten mit Textilklebeband fest. So. Einmal kurz drübergebügelt und fertig. Hübsch, nicht?

*

Für den Innenteil von *Colleen* und für mein Notizbuch nähe ich Umschläge. Das ist nicht viel komplizierter als das Kleben. Statt eines Buchumschlags nehme ich drei Pappstücke und nähe sie in den Stoff ein, damit die Hülle stabiler ist. Für den *Colleen*-Buchblock habe ich verschiedene Grüntöne ausgesucht und mache mir die Mühe, die einzelnen Buchstaben für den Titel mit der Hand aufzunähen. Mein Notizbuch bekommt das Motto Polka Dots! Aber nicht irgendwelche Punkte. In unserem schnuckeligen Stoffladen habe ich pinkfarbene Punkte auf schwarzem Hintergrund gefunden. Das hat so einen Hauch von Eleganz und ist ein bisschen retro, finde ich.

Aber ihr müsst mir jetzt nicht stundenlang dabei zusehen, wie ich an der Nähmaschine sitze! Besorgt euch lieber hübsche Stoffe oder alte Bücher und legt los! Falls ihr noch Fragen habt, fragt mich in den Kommentaren aus.

Dann viel Spaß beim Aufpeppen alter Bücher und neuer Wälzer,

eure Fee

Nach der Aufnahme bin ich schweißgebadet. Jedes Mal fällt mir der Videodreh schwerer. Aber ich glaube, das ist normal. Wenn man mit etwas anfängt, erscheint es einem oft leicht und man plaudert so locker-flockig vor sich hin. Weitermachen kostet dann richtig Kraft. Man will das Niveau ja halten oder sogar verbessern. Beim Joggen merke ich es momentan auch. Die erste Woche war hart, dann ging es etwas leichter und jetzt kostet jede Verlängerung der Strecke um ein paar Hundert Meter wieder wahnsinnig viel Überwindung.

Während das Filmchen hochlädt, schaue ich mir die Kommentare an. Es sind noch nicht viele. Ein paar nette Worte, viele Fragen und dazwischen die ersten Meckerfritzen, die mich *kindisch* und *dilettantisch* finden. Okay, das hatte ich ja erwartet.

Weshalb schmerzt es dann so?

Bleistift, Kaffee und
nicht nur der Himmel ist blau

Ich kritzle in mein Notizbuch, während ich langsam die Treppe runterschlurfe. Es tut einfach gut, zwischendurch einen Stift in der Hand zu halten und die eine oder andere Skizze aufs Papier zu bringen. Seit ich Felix' altes Smartphone geerbt habe, benutze ich das Buch viel zu selten, was eigentlich schade ist.

»Mehr Dynamik, Fee! Punkt 8! Aufrechter laufen!«, piepst Elaine in meiner Hosentasche.

»Dann falle ich die Treppe runter.« Ich ziehe das Handy aus der Tasche und klemme es mit dem Daumen auf eine Seite des Notizbuches.

»Was treibst du denn? Liest du etwa beim Gehen?«, fragt Elaine neugierig, während sie mir in einem schicken mintgrünen Outfit etwas vorturnt.

»So ähnlich.«

»Lass mal sehen.«

Mit der Kamera knipse ich die aufgeschlagene Seite aus meinem Notizbuch. Die Karikatur meines Bruders, die ich gerade angefertigt habe, ist ziemlich schief geraten. Kann natürlich auch daran liegen, dass er ein Kissen nach mir geworfen hat. Oder an der Uhrzeit. Als ich beim Aufstehen nach neuen Nachrichten geschaut habe, wirkte Elaine jedenfalls ganz verdutzt und zeigte mir übergroß eine Uhr. Sieben Uhr dreißig. Am Wochenende erhebe ich mich zu solchen Uhrzeiten nur, wenn der Flohmarkt wartet. Aber heute habe ich einfach die Augen aufgemacht, war wach und voller Tatendrang. Seit fast einer Woche konnte ich zum ersten Mal wieder schlafen wie ein Murmeltier. Und ich weiß auch, woran das liegt: Endlich habe ich den kleinen grünen Neid besiegt, der sich in mir eingenistet hatte. Seitdem geht es mir besser. Der Druck auf meiner Brust ist weg, ich kann wieder atmen und wieder schlafen. Außerdem habe ich mich bei Kara entschuldigt und ihr die Buchhülle in die Hand gedrückt. Sie hat etwas steif reagiert, aber ich bin mir trotzdem sicher: Alles wird wieder gut.

Und wenn ich ausgeglichen bin und von innen heraus strahle – wie Elaine sagen würde –, dann klappt es auch für mich mit dem Traumdate! Jawohl!

Bester Laune folge ich dem unwiderstehlichen Duft von frisch gebrühtem Kaffee. Ein bisschen was frühstücken und anschließend raus und eine Runde laufen gehen. Und dann ... na, mal sehen. Dann ist sicherlich noch genügend Vormittag übrig, um etwas zu nähen. Die große Party steigt schon in einer Woche und es gibt noch eine Menge zu tun.

In der Küche erwische ich meine überraschte Ma im Nachthemd. Sie ist gerade dabei, den Kaffeefilter von der Tasse zu heben, lässt ihn dabei aber beinahe fallen. »Was machst du denn hier?«

Ich zwinkere und strahle sie an. »Ich wohne hier.«

»Aber doch nicht jetzt, um diese Zeit!«

Vorsichtig stellt sie den Filter ins Waschbecken und streift ihre Finger am Nachthemd ab. Wahrscheinlich hat sie ein bisschen vor sich hin geträumt. Keine Ahnung, was Mütter am Samstagmorgen so machen. Mein Vater scheint schon unterwegs zu sein, um den Einkauf fürs Wochenende zu erledigen, und im Keller brummt die Waschmaschine.

»Ach, ich weiß nicht«, ich zucke mit den Schultern. »Ich bin einfach wach.«

Gierig starre ich auf ihre Kaffeetasse. Sie folgt meinem Blick und seufzt. »Das ist meiner. Ich mache dir einen, ja? Aber dann frühstücken wir wenigstens etwas Obstsalat zusammen.«

Ich muss mich überwinden, weil ich am liebsten sofort in die Joggingschuhe hüpfen und in den Frühsommertag rennen will. Frühstück birgt immer dieses Small-Talk-Risiko. Dann fragt Ma, wie es in der Schule läuft – würks. Oder sie fragt nach Kara – da gibt es auch nicht viel zu erzählen, jedenfalls nicht meiner Mutter. Und ganz schlimm ist, wenn sie voller subtiler Mutterliebe ein ernstes Gespräch über mich und meine Gefühle beginnen möchte – geht gar nicht! Ich liebe meine Ma, aber sie ist eben meine Mutter und nicht meine beste Freundin. Über mein Liebesleben würde ich eher mit unseren Burmillas reden als mit ihr.

Sie setzt den zweiten Kaffee auf. »Dein Vater und ich ...«

Ich habe es geahnt! Ein ernstes Thema!

Nebenher schnibbelt sie Erdbeeren und mir läuft das Wasser im Mund zusammen. »Dein Vater und ich überlegen, dieses Jahr zu Tante Hella nach Südafrika zu fliegen.«

Blitzschnell trennt mein Hirn die Spreu vom Weizen: Südafrika – cool! Großtante Hella – Hilfe!

Mit leuchtenden Augen sieht sie mich an. »Ich weiß, dass du deine Großtante mal wieder sehen möchtest.«

Ganz sicher nicht.

»Aber wir möchten gerne mal wieder ohne Kinder und außerhalb der teuren Hauptsaison verreisen. Ich bin mir sicher, dass Felix und du ganz wunderbar allein klarkommt.«

Zwei oder drei Wochen sturmfreie Bude?

Mein breites Grinsen ist Ma wohl Antwort genug.

Während ich mich Tagträumen von coolen Partys und Filmabenden hingebe, lässt meine Mutter Wasser durch den Kaffeefilter laufen und schäumt die Milch auf. Erst als sie mir die verführerisch duftende Tasse und eine Schale Obstsalat vor die Nase setzt, bemerke ich ihren merkwürdigen Gesichtsausdruck. Mutterstolz? Doch nicht, weil sie mir zutraut, ein paar Tage allein zurechtzukommen. Ich wittere ein unangenehmes Gespräch, aber sie hat mich so geschickt eingewickelt, dass ich nicht einfach aufstehen kann, ohne dass es verdächtig wirkt. Also löffle ich Milchschaum und harre der Dinge.

»Wir fliegen wohl kurz nach den Sommerferien. Bestimmt willst du mal jemanden zum Übernachten einladen.«

»Hmhm«, mache ich.

»Vielleicht jemand ganz Bestimmtes?«

Sie versucht, normal zu klingen, aber ich merke deutlich, dass ihr etwas unter den Nägeln brennt. Deshalb versenke ich meine Lippen noch tiefer im Milchschaum, schweige und blinzle sie unschuldig an.

Zugegeben, es ist ein schöner Gedanke, mit Jonas zu frühstücken. Er würde dort sitzen, wo jetzt meine Mutter sitzt, locker und lässig, ganz selbstverständlich. Mein Magen gerät in Aufruhr und das Herz rutscht mir ganz tief in die Hose. Das wäre eine wirklich ungewohnte Situation: Ein fester Freund, einer, den ich meinen Eltern vorstelle. Einer, der auf rote Haare steht.

Der Kaffee unter dem Schaum verbrennt mir die Zunge.

»Ach, Schatz! Ich bin so stolz auf dich!« Meine Mutter strahlt übers ganze Gesicht.

Ich stehe irgendwie auf der Leitung. Hat sie mein Vlog gesehen? Meine neuen Zeichnungen? Meine App? Sie benutzt den Computer doch nur, um Nachrichten zu lesen, und auf ihrem Handy spielt sie Angry Birds, anstatt zu telefonieren oder zu surfen.

Da ich noch immer keine Ahnung habe, was sie meint, versuche ich es mit einem unverbindlichen Lächeln. »Danke, Ma.«

»Willst du mit mir darüber reden?«

Okay, das klingt jetzt nicht danach, als hätte sie endlich Youtube für sich entdeckt. Ich versinke mit der Nase erneut in meiner Tasse. Aber eine fast leere Kaffeetasse ist eine schlechte Deckung.

»Ich muss gar nicht alles wissen«, fährt sie fort.

Wie schön. Worum geht es hier?

»Ich will nur nicht, dass du leichtsinnig bist …«

Ich muss husten, weil ich mich am letzten Rest Kaffee verschlucke.

»Halt, halt, stopp! Worüber reden wir eigentlich?«

Peinliches Schweigen breitet sich zwischen uns aus. Meine Mutter sieht mich noch immer aus glänzenden Augen an.

Sie räuspert sich umständlich. »Weißt du, ich habe gestern in deinem Zimmer die Nähzeitschriften gesucht, die du dir geliehen hattest.«

Mein Kopf glüht, ich möchte mich hinter meiner Tasse verstecken. Gleichzeitig schäumt die Wut in mir hoch. Meine Mutter war in meinem Zimmer!

»Und da habe ich diesen entzückenden BH entdeckt.«

Oh nein! »Der ist noch nicht fertig.«

»Du bist kein kleines Mädchen mehr, sondern eine junge Frau. Ich finde das unheimlich romantisch, wenn du etwas Besonderes vorbereitest, für ... also, falls du meinen Rat brauchst ... und wenn du ihn uns vorstellen willst.«

»Maaaaaahhh!« Ich kann nicht anders, ich muss mir die Ohren zuhalten. Wo ist der Notausgang? Wie kann ich das hier zurückspulen?

»Willst du mir nicht erzählen, wer es ist?«

»Hör mal, du hast nichts in meinem Zimmer zu suchen!«

»Entschuldige, Schatz. Ich wollte nicht herumwühlen, sondern mir nur schnell die Zeitschriften schnappen.«

Wühlen musste sie sicherlich nicht. Ich Schaf hatte die Unterwäsche auf meinem Schreibtisch liegen lassen. Einen langweiligen, billigen, aber sehr bequemen Push-up. Den nähe ich gerade für die Party um, mit ein wenig Spitze und schwarzem Satin. So eine Mischung aus schick und mädchenhaft und hoffentlich auch sexy. Da könnte ich sogar ein wenig die Bluse offen stehen lassen und es würde bestimmt sehr gut aussehen. Ausgerechnet diesen BH hat meine Mutter in die Finger bekommen.

Mit den Händen reibe ich mir die Schläfen und versuche, mich zu konzentrieren. »Themenwechsel, bitte! Ich übe einfach nur mit der Nähmaschine!« Ich versuche mich an einem Lächeln. Selbst wenn ich wollte, gäbe es da nicht viel zu erzählen ...

»Oh«, sagt sie nur.

Ich angle nach einer halben Erdbeere.

»Nicht mit den Fingern«, murmelt sie abwesend. Ob das ein Reflex ist, den man als Mutter entwickelt? Zu bestimmten Situationen bestimmte Phrasen sagen, quasi auf Abruf, ohne nachzudenken? Ich schiebe mir die Erdbeere zwischen die Lippen.

»Ma, ich will einfach hübsche Unterwäsche tragen. Das ist alles.«

»Tut mir leid, Schatz.« Sie schaut in ihren Obstsalat.

Ich bin versöhnt und zeige ihr die kleine Kritzelei von Felix im Bett. Wir kichern und ich verabschiede mich zum Joggen.

Kaum bin ich aus der Tür hinaus, kehren meine Gedanken wieder zurück zu dem Gespräch. Mir wird schwindlig und heiß im Gesicht. Es tut schon weh, keinen Freund zu haben. Das Gespräch wäre anders verlaufen – nicht angenehmer, aber auf andere Weise unangenehm – wenn ich die Unterwäsche tatsächlich für einen ganz bestimmten Jungen nähen würde.

Dann beginne ich zu laufen. Bei den ersten Schritten stolpere ich beinahe über meine Füße. Nicht so viel nachdenken. Durchatmen, Fee! Lass deinen Körper einfach machen. Allmählich komme ich in einen Rhythmus. Mit den gleichmäßiger werdenden Schritten gelingt es mir, das Gefühl wieder hervorzuholen, das ich beim Aufwachen hatte. Diese befreiende Leichtigkeit. Wenn ich ganz ehrlich zu mir selbst bin, dann habe ich es noch immer nicht ganz überwunden, dass Kara ein tolles Date hat und ich mich wie ein unscheinbares Mauerblümchen fühle.

Die Wahrheit zu denken, tut gut. Meine Schritte werden schneller und geschmeidiger. Der Stress fällt von mir ab. Josh ist der absolute Hauptgewinn, so kam es mir bislang immer vor. Jedes Mädchen an unserer Schule will ihn haben. Aber kann man Jungs wirklich in Kategorien einteilen? Sind wir hier bei der Leistungsshow des Kaninchenzüchtervereins? Der mit dem seidigsten Fell und der hübschesten Nase bekommt eine dicke Schleife und nur der darf sich fortpflanzen? Will ich denn das prämierte Männchen mit der Schleife wirklich haben, ob es nun zu mir passt oder nicht?

Ich schüttle den Kopf. Josh und ich würden garantiert nicht zusammenpassen. Er interessiert sich für Autos und Mountainbikes und das ist mir völlig egal. Er reißt auch ziemlich oft Witze über andere Leute und ist meistens echt oberflächlich. Nein, ich glaube nicht, dass wir zusammenpassen. Ich glaube auch nicht, dass er zu Kara passt. Aber das muss sie selbst herausfinden. Ist es nicht das, was letztendlich zählt: den richtigen Jungen zu finden? Einen, mit dem man beim Küssen den Regen vergisst.

Mein Puls ist jetzt ruhiger, der letzte Garten bleibt hinter mir zurück, ich laufe wie auf Wolken an heuduftenden Feldern vorbei. Mit jedem Schritt fühle ich mich stärker.

Herrje! Wenn ich könnte, würde ich aus dem Bus aussteigen und schieben. Ich muss unbedingt Kara ausquetschen. In Sachen Geheimnisse ist sie wirklich schwerer zu knacken als ein Safe. Und das ist furchtbar anstrengend. Ich werde ihr empfehlen, nicht Ärztin zu werden oder Thai-Masseuse, sondern zum Fernsehen zu gehen, denn sie beherrscht es

perfekt, die Zuschauer ihres Lebens auf kleiner Flamme kö-
cheln und schmoren zu lassen, bis die Spannung kurz vor
einem Vulkanausbruch ist.

Endlich hält der Bus vor der Schule. Ich falle fast aus der
Tür und renne auf Kara zu, die seelenruhig an der Haltestelle steht und mit ihrem Handy verwachsen ist.

»Kara, ich platze vor Neugier!«, rufe ich. Aus dem Augen-
winkel sehe ich Mateo. Möchte er etwa zu mir? Er schaut
mich so an. Hoffentlich will er kein Gespräch mit mir beginnen ...

Ich konzentriere mich voll auf Kara und klette mich an
ihre Seite. Es dauert einen Moment, bevor sie mich überhaupt bemerkt. Dann fällt sie mir um den Hals, ihr Blick
sagt mir aber, dass sie gerade ganz woanders ist.

Arm in Arm schlendern wir durch das Schultor. Damit
habe ich Mateo abgehängt. Kein Junge mit Verstand wagt
sich zwischen tuschelnde Mädchen. Aber ob Nerds das wissen? Ich werfe meine Haare über die Schulter und spähe
unauffällig um mich – von Mateo ist nichts mehr zu sehen.

Mit dem Zeigefinger stupse ich Kara in die Rippen.
»Du kannst mich doch nicht das ganze Wochenende lang
schmoren lassen! Ich will alles wissen. Jetzt und sofort!«

Doch bevor ich auch nur ein Wort aus Kara herauskitzeln
kann, fangen uns Sabs und Charly ab. In Windeseile geht
Kara in den Profi-Modus über. Zuckerlächeln. Goldhaar-
schütteln, Wimpernklimpern. Die Geschwindigkeit, mit
der sie zu diesem strahlenden Wesen mutiert, in dessen
Gegenwart sich wirklich jeder wohlfühlt, ist unheimlich.

Normalerweise stört mich das nicht. Jeder benimmt sich
in der Schule ein kleines bisschen anders als zu Hause.

Weshalb fällt mir gerade heute so sehr auf, dass fast alles, was die anderen von Kara kennen, nur ihre Fassade ist? Es scheint fast so zu sein, dass nur ich die wahre, die empfindliche, die manchmal unsichere Kara kenne, die auch mal eine Schulter zum Anlehnen braucht.

Beinahe mechanisch begrüße ich Sabs und Charly. Ich kann das nicht so gut, meine Gefühle verbergen und ein lächelnder Roboter sein.

»Raus damit!«, quietscht Charly.

Sabs schaut von ihrem Handy auf. »Du hast zwei Minuten, um uns alle schmutzigen Details zu liefern.«

»Wie oft habt ihr euch geküsst? Küsst er gut?«

Kara errötet ganz zart. »Josh ist wundervoll.«

Ich beobachte sie jetzt ganz genau. Während die anderen völlig aus dem Häuschen sind, lächle ich bloß ein wenig.

»Glückwunsch.«

»Ihr seid so ein Traumpaar!«

Die beiden freuen sich so schrill; ich glaube nicht, dass sie es einhundert Prozent ehrlich meinen. Tatsächlich wirken sie für Sekundenbruchteile zerknirscht, als Kara den Kopf wendet, um Josh anzulächeln, der gerade mit seinen Kumpels auf den Schulhof schlendert. Mehrere Mädels aus der Oberstufe werfen ihr giftige Blicke zu und wir stellen uns schützend um Kara herum. Wir sind ihre besten Freundinnen. Wir werden sie verteidigen – und natürlich sonnen wir uns auch ein wenig in ihrem Triumph.

»Wie riecht sein Haar?«, will Sabs wissen.

Eigentlich wollen wir das alle wissen. Wem es nämlich mal gelingt, sich in Joshs Nähe zu schmuggeln, der bekommt einen Hauch seines würzigen Aftershaves in die

Nase. Wenn er schon von fern so duftet, wie atemberaubend riecht er dann erst von Nahem?

Charly kichert. »Ist er so durchtrainiert, wie alle behaupten?«

Wieder wirft Kara nur sanft ihr Haar zurück. »Vergesst alles, was ihr bisher über ihn dachtet. Die Gerüchte kommen der Wahrheit nicht einmal nahe.«

Jetzt tippt sie ganz schnell eine wichtige Nachricht in ihr Handy, während wir dastehen wie verdurstende Kamele. Die Quelle aller spannenden Neuigkeiten gibt sich verschlossen. Oh Mann, das kann sie doch nicht machen!

Als Kara den nächsten feurigen Blick zu Josh wirft, lasse ich wie zufällig mein Mathebuch vor ihre Füße fallen. Gleichzeitig bücken wir uns.

»Hat es wirklich gefunkt?«

Sie antwortet mir nicht, ihr Lächeln ist eher triumphierend als glücklich. Ich verstehe nicht, was da gerade passiert, zwischen Kara und mir. Was auch immer es ist, es ist mir unheimlich.

Mein Wochenendschwung ist wie weggeblasen. Und zwar so gründlich, dass ich mich kaum über eine unerwartete Freistunde in der Vierten freuen kann. Auf meine Zettelchen und Flüsterversuche reagiert Kara ausweichend. Kaum geht die Klingel, flutscht sie schnell wie ein blonder Aal hinaus auf den Flur. Dort saugt sie sich an Joshs Lippen fest. Igitt! Das ist schon kein Aal mehr, sondern eine Napfschnecke!

Der Stein in meiner Brust wird immer schwerer. Ich kann mich einfach nicht für sie freuen. Für mich sehen die beiden nicht verliebt aus, sondern mehr wie ein Paar, das sich für einen Wettbewerb auf einer Bühne küsst. Andererseits: Wie soll ausgerechnet ich das beurteilen können? Ein paar Küsse beim Flaschendrehen und jeder Menge Fantasien vom perfekten, ersten, richtig verknallten Kuss machen mich leider nicht zur Expertin.

Frustriert verlasse ich das Schulgebäude und husche schnell in die Nebenstraße. Dort gibt es einen winzigen Laden mit Bastelzubehör, Stoff und allem möglichen Kreativkram. Zwar ist nach dem Flohmarkt eigentlich Ebbe in der Taschengeldkasse, aber ich bin so schlecht drauf, da möchte ich meine letzten vier Euro für etwas Schönes auf den Kopf hauen.

Ich habe Glück und die Besitzerin des Ladens überlässt mir kostenlos einen dicken Packen mit wunderschönen Stoffresten.

Zurück auf dem Schulhof, straffe ich die Schultern. Selbstbewusst und aufrecht gehen. Ein guter Zeitpunkt, um das zu üben. Pobacken zusammenkneifen, ordentlich mit den Füßen abrollen, statt zu schlurfen. So ein graziler Gang, wie Kara ihn hat, ist reine Übungssache. Punkt 8, ich habe dich so gut wie in der Tasche!

»Ich bin die Shopping Queen«, trällere ich Elaine zu.

»Du Glücksräupchen«, gibt sie zurück. Sie sitzt inmitten von Klamottentüten, als würde sie in Kleidern baden wollen.

»Ich *was*?«

»Eine süße, kleine, unschuldige Raupe. Und bald, wenn du so richtig Gas gegeben hast, verpuppst du dich und wirst ein umwerfender Schmetterling.«

Aus welchem Buch habe ich eigentlich diese Motivationssprüche für Elaine abgeschrieben? Mich beschleicht das Gefühl, dass Miss Perfect ihr Vokabular heimlich im Internet aufpeppt.

»Blah, blah«, sage ich und mache eine Plappergeste mit der Hand.

Elaine kramt einen Zettel hervor und setzt sich eine zierliche Brille auf das Näschen. »Bevor du deinen Neid auf Kara an mir auslässt, solltest du dir einmal die noch offenen Punkte auf deiner Liste ansehen.«

»Elaine, ich liege hervorragend in der Zeit.«

»Süße.« Sie lugt über den Brillenrand und hat einen Ton drauf, der könnte von meiner Mutter sein. »Zieh Punkt 15 vor und sprich einen Jungen an. Sonst kommst du nie aus dieser Single-Nummer raus.«

Vor Empörung verschlucke ich mich fast. »Mit dir gehen wohl die Pferde durch!« Wie kommt sie jetzt darauf?

Keine fünf Meter von mir entfernt stehen Jonas und seine Clique bei den Fahrradständern. Sommerhimmelaugen sehen mich an. Mich! Süße Lippen mit kleinen Grübchen links und rechts lächeln mir zu. Mir! Vor Schreck traue ich mich nicht, stehen zu bleiben, ich möchte am liebsten die Augen zukneifen und rennen. Bestimmt ist aus dem Nichts heraus jemand hinter mir erschienen. Jemand, den diese Himmelsaugen anflirten.

Mein Handy vibriert, ich ziehe es aus der Hosentasche und schaue darauf. Rosafarbene Herzchen explodieren um Elaine herum. Sie öffnet den Mund. Mein Herz bleibt fast stehen. Endlich hat sie verstanden. Gleich wird sie mir bestätigen, dass ich mich umdrehen und Jonas anlächeln soll. Ich gehe noch einen Schritt, will mich ihm zuwenden ...

Mein Kopf prallt gegen einen Kiefer, es knirscht und schmerzt höllisch an meiner Stirn. Meine Füße stolpern über andere Füße, mein Handy fällt zu Boden. Ich spüre, wie ich selbst falle. Jemand stöhnt vor Schmerz und Überraschung auf. Elaine singt etwas von der ewigen Liebe. Dann packen mich starke Hände. Mein Gleichgewicht ist gerettet. Statt auf dem Boden landet meine Nase an einer breiten Brust. Um mich abzufangen, halte ich mich fest. Meine Hände gleiten rechts und links auf eine Hüfte. Wärme und der erfrischende Duft von weiter Wildnis umschmeicheln mich. Es ist verdammt schwer, nicht die Augen zu schließen und mich einfach in die Arme meines Retters zu kuscheln. Die Größe, der Duft, der sichere Halt seiner Hände – zum Reinschmiegen schön.

Aber wer ist das eigentlich? Ich schaue hoch und blicke in warme Schokoladenteiche mit goldenen Linien.

»Alles klar?«, nuschelt Mateo mit zusammengebissenen Zähnen. Sein Kiefer muss tierisch schmerzen.

Als hätte ich einen Stromschlag abbekommen, ziehe ich meine Finger weg und springe zurück. Seine warmen Hände halten noch immer beruhigend meine Arme fest. Er hat es nicht eilig, mich loszulassen. Schließlich tut er es doch und reibt sich das Kinn.

»Rothaarige haben Dickschädel«, rutscht mir heraus.

Mateo schaut mich seltsam an. Irgendwie irritiert und erfreut zugleich. So, als hätte ich endlich etwas ganz Entscheidendes verstanden.

»Solange du mir deinen nicht nochmal ins Gesicht rammst, geht das klar.«

»Ich versuche es.«

Vorsichtig betaste ich meine Stirn. Eine dicke blaue Beule fehlt mir gerade noch.

Mateo lächelt versöhnlich. Er hat nur ganz kleine Grübchen, aber mehr wäre in seinem schmalen, leicht kantigen Gesicht auch zu viel. »Eigentlich müsstest du mich jetzt als Entschuldigung auf ein Eis einladen.«

»Klopf einfach, wenn du das nächste Mal bei Felix bist. Ich habe immer Schokoeis im Kühlfach.«

Automatisch streiche ich mit der Hand eine Haarsträhne über meine Schulter. Mitten in der Bewegung merke ich, wie das auf ihn wirken muss: Als würde ich mit ihm flirten. Schnell nehme ich die Hände runter und bin plötzlich völlig neben der Spur. Wohin mit meinen Fingern? Und jetzt werden auch noch meine Wangen heiß.

Mateo lächelt. Ein warmes Lächeln, das einen wunderschönen Glanz in seine Augen zaubert. Eines, bei dem man automatisch mitlächelt. Mein Gesicht leuchtet sicher wie eine reife Kirschtomate. Ich überlege, ob es eigentlich einfach ist, in Ohnmacht zu fallen. Wahrscheinlich nicht, sonst würden viel mehr Leute ihre Probleme auf diese Art lösen.

Plötzlich steht Jonas neben uns. Nein, vielmehr steht er fast zwischen uns. Mateo muss einen Schritt rückwärts machen, um ihm Platz zu geben.

Jonas Stimme klingt wie gesprochener Samt: »Hi, Fee, wie geht's?«

»Bin okay«, bringe ich hervor.

Er steht ganz dicht vor mir. Wie soll es mir schlecht gehen, wenn diese wunderbaren Himmelsaugen weniger als eine Armlänge von mir entfernt sind? Nur meine Knie verwandeln sich gerade in Pudding. Ich erwische meine Finger dabei, wie verrückt an einer Haarsträhne zu drehen. Wenn ich könnte, würde ich diesen Augenblick in Glas gießen, um ihn für die Ewigkeit zu konservieren.

Mateo scheint etwas sagen zu wollen. Er wirkt angesäuert und versucht, Jonas aus dem Weg zu schieben, aber der ignoriert ihn.

Stattdessen fragt Jonas: »Hast du nächste Woche Zeit für ein Eis?«

Als meine Wangen vor Freude glühen, schaut Mateo mich wieder mit diesem seltsamen Blick an. Sein Mund schließt sich, er dreht sich um und geht. Ich bin kurz irritiert und vergesse fast, Jonas die entscheidende Antwort zu geben: »Klar.«

»Passt dir Dienstag?«

Eigentlich nicht, denn da wollte Kara mit mir wieder in den Kletterwald gehen.

Wie kann ein Mensch so himmlisch schöne Augen haben?

»Dienstag habe ich noch überhaupt nichts vor.«

Sie wird es verstehen. Wahrscheinlich freut sie sich sogar, weil sie sich dann mit Josh verabreden kann. Ich stelle mir vor, wie es sich anfühlt, durch Jonas' glänzende blonde Haare zu streichen.

»Dann um vier im Antonios?« Ein Lächeln, gegen das die Sonne wie ein Glühwürmchen erscheint.

Ich nicke nur. Mir hat es glatt die Sprache verschlagen.

Die Schulklingel ruft uns zur nächsten Stunde. Wie ein Zombie im Halbschlaf wandle ich hinter den anderen her. Bio? Mathe? In welchen Raum muss ich? Mein Hirn ist wie ausgesaugt. Meine Finger texten automatisch an Kara, Sabs und Charly. Dann kann ich später nachlesen, ob das alles nur ein wirrer Traum war oder ob diese Soap Opera wirklich mir passiert ist.

Elaine macht, was Elaine am besten kann: Alles besser wissen. Und dafür schiebt sie sich extra vor WhatsApp. »Du schreibst Jonas jetzt zum hundertzweiundfünfzigsten Mal.«

»Kusch!«, rufe ich ihr zu, aber darauf hört sie genauso wenig wie Lord und Lady. Genervt werfe ich das Handy aufs Bett.

Seit Stunden liegt Elaine mir damit in den Ohren, dass sie gar nicht Jonas gemeint hat, mit ihrem Liebesgesinge. Nein, sie ist noch immer steif und fest der Meinung, Mateo sei für mich die richtige Wahl. Langsam habe ich genug davon, mich in Liebesdingen von ihr bevormunden zu lassen. Mag sein, dass Mateo ein ganz netter Typ ist und auch gut aussieht. Aber es gibt eine Menge netter und gut aussehender Typen. Ich hoffe, dass Sabs es bald schafft, den Schokoaugen-Nerd zu knacken. Dann wäre das Thema ein für alle Mal erledigt!

Da Elaine nicht lockerlässt, schwinge ich mich vom Bett herunter und setze mich an den Computer. Neben der Tastatur klebt eine ellenlange Liste mit To does. Die stammt noch aus Vor-Elaine-Zeiten. Die wichtigsten Punkte habe ich in die App übernommen. Wahrscheinlich ist jetzt ein guter Zeitpunkt, etwas davon abzuarbeiten. Schließlich bemühe ich mich gerade darum, mein Durchhaltevermögen zu erhöhen und überhaupt einige Dinge auf die Reihe zu bekommen.

Womit fange ich an? Meine Motivation ist nicht besonders groß, deshalb kritzle ich noch ein paarmal *Jonas* in alle freien Ecken des Zettels und male Herzchen und einen sehr kitschigen Amor drum herum. Ein wenig albern, aber genau so fühlt es sich in mir drin an: Alles voll mit Gedanken an Samtstimme, Goldsträhnen und schokobraune Augen ... verflixt! Ich meine natürlich blaue Augen.

Ich reibe mir die Schläfen so fest, dass ich mir vor Schmerz auf die Zunge beiße, denn natürlich erwische ich die Beule und denke sofort wieder an das geborgene Gefühl an Mateos Brust.

Oh Mann, ich muss an etwas Blaues denken!

Kornblumen.

Sommerhimmel.

Südseemeer.

Okay, am besten mache ich mal etwas ganz anderes. Etwas, das nichts mit Jungs zu tun hat. Mein Gehirn dreht sich sonst zu sehr im Kreis und bekommt noch einen Knoten. Ich wende das Pendelverfahren an. Das hat nichts mit Aberglauben zu tun, sondern ganz einfach damit, dass ich mit geschlossenen Augen meinen Radiergummi an einem Bindfaden über der Liste schwenke und fallen lasse. Glück für mich, es ist nicht die Physiknachhilfe bei Felix, sondern die Bewerbung bei einem Onlinemagazin. Die hatte ich ohnehin auf dem Schirm. Elaine wird sich freuen. Punkt 13, ich komme später! Her mit Punkt 14!

Als ich den Ordner mit den halb fertigen Bewerbungsunterlagen öffne, wird mir dann doch etwas mulmig zumute. Ich fange an zu lesen und mir wird klar, wie naiv ich bislang an die Sache herangegangen bin. Gute Ansätze, aber absolut unprofessionell. Also vertiefe ich mich in die Recherche, wie eine gute Bewerbung bei einem Online-Lifestylemagazin aussehen sollte.

Irgendwann klopft es an meiner Tür. Verwirrt schaue ich vom Computer hoch. Mein Bruder streckt den Kopf herein.

»Oh, du arbeitest?«

Ich reibe mir die Augen und realisiere, dass es ein Leben außerhalb von Probeartikeln und Lebensläufen gibt. »Bewerbung. Onlinemagazin«, nuschle ich und gähne. Wie lange sitze ich schon an den Unterlagen?

Felix grinst unverschämt von einem Ohr zum anderen. »Keine heißen Chats mit Mister Right?«

»Felix!«, keife ich. Aber eigentlich hat er recht: Weshalb chatte ich eigentlich nicht mit Jonas? Seit seiner Einladung hat er mir nur einsilbig auf meine Nachrichten geantwortet. Bestimmt möchte er mich erst beim Date näher kennenlernen und denkt allmählich, dass ich zu viel rede und ihm keinen Freiraum lasse. Ich muss aufhören, ihm so viele Nachrichten zu schicken.

»Ma hat dreimal gerufen, dass du zum Essen kommen sollst.«

»Gleich. Den Absatz noch.«

»Sie will, dass du jetzt und sofort auftauchst.«

Ächzend erhebe ich mich vom Stuhl. Die Arbeit hat mir so viel Spaß gemacht, dass ich überhaupt nicht gemerkt habe, wie die Zeit verflogen ist.

»Felix? Warte.«

An der Treppe hole ich ihn ein. Ich ziehe ihn am Ärmel, damit er langsamer geht.

»Kummer?«

»Auf was für Mädchen steht eigentlich Mateo?«

Vor Verblüffung fällt er beinahe die Treppe hinunter.
»Wie jetzt? Du hast den Jonas-Schönling schon abgeschossen? Na, herzlichen Glückwunsch zum guten Geschmack.«

Jetzt bin ich diejenige, die ins Stolpern gerät und eine
Stufe hinunterpurzelt. »Es geht doch um Sabs.«

»Häh?«

»Meine Güte! Dann also von vorn: Sabs findet Mateo
niedlich und ich will ihr helfen, ihn sich zu angeln.«

»Alles klar.« Felix wuschelt sich durch die Locken. »Jungs
sind Fische, die man sich einfach so angeln kann.«

Er eilt die Treppe runter und sieht gekränkt aus, aber ich
verstehe nicht genau, weshalb.

»Ist doch kein Fehler, sich ein bisschen für einen Jungen
aufzubrezeln, oder?«

An der Tür zur Küche bleibt er stehen und dreht sich
kurz um. »Denk mal darüber nach, wie du reagieren würdest, wenn wir so über euch Mädchen reden würden.«

Endlich habe ich ihn eingeholt und halte ihn fest. »Darum geht es doch gar nicht.«

»Redet ihr untereinander immer so dämlich daher?«

»Ach, Felix! Jetzt tu nicht so, als wärst du der heilige
Sankt Perfekt. Jeder schwätzt mal dumm rum.«

»Also gut.«

»Was?«

Er setzt seine geduldige Miene auf. Die, mit der er mir
auch Physik erklärt. »Also gut, sag mir, was du wirklich gemeint hast.«

»Ich will nichts von Mateo.«

»Das habe ich kapiert.«

»Sabs findet ihn süß.«

»Dann soll sie ihn einfach einladen.«

Uff! Ich stelle mir gerade vor, wie ich zu Jonas gehe und ihn *einfach so* einlade. Wie soll man sich das trauen?

»So einfach ist das nicht.«

»Ja natürlich ist es so einfach. Ihr Mädchen macht es euch immer zu kompliziert.«

»Und ihr Jungs nicht?«

»Ich jedenfalls nicht. Und Jonas anscheinend auch nicht. Ihr kräht immer so nach Emanzipation, aber beim Flirten benehmt ihr euch wie im Mittelalter.«

Ich muss schlucken. »Das hat überhaupt nichts miteinander zu tun.«

Er macht sich von mir los. »Mateo hat recht: Du bist in letzter Zeit ziemlich seltsam.«

Wieder Mateo. Gibt es noch einen Tag in diesem Leben, an dem ich nicht an Mateo und seine Schokoladenaugen erinnert werde? Ich starte einen letzten Versuch: »Dann verrat mir wenigstens, wozu Sabs Mateo einladen könnte. Etwas außer Basketball und Nerdkram.«

»Eis«, sagt Felix schlicht. »Jeder mag Eis.«

Neues aus Fees fabelhaftem Atelier:

Liebe Kreative!

Ich freue mich riesig, dass die Zahl der Abonnenten in den letzte Wochen so zugenommen hat. Ganz besonders bedanken möchte ich mich für die Kommentare und Diskussionen von Sylwanna und Mwölkchen über das Aufpeppen der Buchhüllen. Wir verstehen uns, Mädels!

Ihr seid so begeistert, da wird euch der Anblick dieser Häkelnadel sicherlich gefallen. Heute gestalten wir eine hübsche Tasche, die jeden Sommerausflug mitmacht und die euch am Baggersee und in der Stadt treu bleibt.

Für das Schnittmuster war ich in der Bücherei und habe ein Buch übers Taschennähen besorgt. Ideal ist eine Vorlage für eine möglichst große Tasche mit langen Riemen, die ihr über die Schulter nehmen könnt. Ignoriert einfach die empfohlenen Stoffe. Uns reichen ein paar Reste.

*

Mit der rechten Hand schiebe ich zwei sehr große Knäule sehr dickes Garn ins Bild. Eines leuchtet in einem wunderschönen Rot, das andere in sommerhellem Pfirsichorange. Dazu zeige ich noch einmal die lange und sehr dicke Häkelnadel.

*

Der Clou an dieser Tasche wird der von uns selbst hergestellte Stoff sein. Ihr könnt übrigens alles vergessen, was ihr in der Grundschule übers Häkeln gelernt habt. Mit den Techniken bekommt ihr mit Glück eine Beanie hin, aber keinen Stoff, der für eine Badetasche geeignet ist. Schaut euch lieber mal das eine oder andere Youtube-Video zum Thema Tunesisch Häkeln an. Das sieht im ersten Moment sehr ungewohnt aus, aber man lernt es wirklich schnell.

Tunesisch gehäkelte Stoffe haben eine tolle Optik, beinahe wie richtiger Stoff. Um diesen Effekt zu verstärken, verwende ich ein Textilgarn. Das ist keine echte Wolle, sondern eine Art endloses Baumwollband. Spottbillig, haltbar und mit einer Riesennadel kinderleicht zu häkeln. Damit zieht ihr alle Blicke auf euch. Und ich bin sicher, so eine Tasche ist der Hit bei jedem ersten Date.

*

Ich zwinkere. Es kostet mich eine Mordsanstrengung, nicht in alle Welt hinauszuposaunen, dass ich in wenigen Tagen mit einem Traumprinzen ein Eis essen gehe. Nein, nicht mit *einem* Traumprinzen, sondern mit *meinem* Traumprinzen.

Das macht mich so kribbelig, dass ich schon überlege, ob ich die Tasche nicht lieber im Blau seiner Augen häkeln soll. Meine Hände zittern leicht, als ich einige Maschen anhäkle, um die Technik zu demonstrieren. Bei der zweiten Reihe wird es langsam besser und auch der Drang, Privatkram zu erzählen, flaut ab. Schließlich habe ich mich gerade für einen journalistischen Job beworben. Dieses Video werden die sich bestimmt ansehen. Ich muss professionell sein. Außerdem hat mich der Ärger mit Kara gelehrt, dass bestimmte Dinge ins Tagebuch gehören, aber nicht ins Internet.

Mit immer größerem Vergnügen häkle ich zwei weitere Reihen und erläutere kleine Kniffe für den Farbwechsel.

*

So. Wie immer kürze ich ein wenig ab. Ich habe die Stücke bereits vorbereitet und zeige euch, wie ihr sie am besten zusammennäht.

*

Lässig schiebe ich das Häkelzeug aus dem Bild und lege festen weinroten Cordstoff und die fertigen Häkelwerke heraus. Dazu kommen noch eine große Häkelblume und Träger für die Tasche.

*

Statt Cord könnt ihr natürlich auch einen Jeansstoff nehmen. Hauptsache, es ist ein fester Stoff, denn die Tasche wird oft auf dem Boden stehen und soll nicht so bald abgestoßen aussehen. Wichtig ist, dass eure Nähmaschine diesen festen Stoff nähen kann. Denn wir brauchen einen haltbaren Taschenboden. Ich habe mir Cord ausgesucht, an den später die Häkelteile kommen.

*

Ich nähe ein wenig vor mich hin. Dank der vorgefertigten Teile geht das recht schnell, und weil die Nähmaschine rattert, brauche ich nicht viel zu sagen. Erst als es daran geht, die Häkelteile noch schön mit dickem Garn und einer Nadel zu umsäumen und die Blüte aufzusticken, plaudere ich wieder. Besser gesagt: Ich würde gerne plaudern. Nach einem halben Satz springt plötzlich Lady auf den Tisch und die nächsten Minuten habe ich damit zu tun, von meinem Handarbeitsprojekt zu retten, was noch zu retten ist.

Als die Katze sich endlich trollt, muss ich lachen. Gar keine schlechte Idee, um nach der ganzen Näherei das Video aufzupeppen.

*

Wir halten fest: Katzen können ganz schön viel, aber Häkeln im tunesischen Stil gehört nicht zu ihren Stärken. Übrigens soll es Leute geben, die aus den Haaren ihrer Katzen und Hunde Wolle spinnen und sich Schals stricken. Ich weiß ja nicht, ob ich meine eigene Katze um den Hals tragen möchte. Wie seht ihr das? Kuschelpulli aus dem Bello oder lieber bei Schaf, Acryl und Baumwolle bleiben?

So. Meine Tasche ist mittlerweile quasi von allein fertig geworden. Mit ein bisschen Übung geht das ganz fix, wie ihr seht. Nächste Woche wird sie mich auf ein ziemlich aufregendes Date begleiten und ich hoffe, sie stiehlt mir nicht die Show. Bei euren Projekten wünsche ich euch natürlich auch Erfolg und den ganz großen Auftritt.

Genießt den Sommeranfang und ein Hoch auf die Liebe, eure Fee

Meine Hände zittern leicht, als ich die Aufnahme beende. Wenn ich die Zahl der Abonnenten und Kommentatoren sehe, wird mir schwindlig. Die Videos sind längst kein schnell dahingelabertes Spaßprojekt mehr. Mit der Größe des Publikums steigt mein Anspruch an mich selbst. Ich merke, dass ich viel mehr als noch beim ersten Video darauf achte, was ich sage.

Technisch werde ich besser, aber ich habe das Gefühl, mir fehlt mehr und mehr diese sprühende Energie, die ich ganz am Anfang hatte. Genau diese Frische und dieses Reden, frei von der Leber weg, das ist es, was mir an Selbstmachvideos gefällt. Hätte nicht gedacht, dass es so schwierig ist, ein gutes Video zu drehen, also über interessante Sachen zu plaudern und gute Tipps zu geben.

Für einen Moment lege ich meine Hände in den Schoß und denke nach. Auf meinen Füßen liegen zwei warme Katzenkörper und schnurren um die Wette. Das Video ist im Kasten und es ist gut. In wenigen Tagen steigt die große Party und nächste Woche habe ich ein Date mit einem der heißesten Jungs, die in dieser Stadt frei herumlaufen. Eigentlich könnte ich mich jetzt zurücklehnen und mit der Welt zufrieden sein. Aber ich bin es nicht. Tief in mir drin nagt etwas.

Um die Unruhe zu besänftigen, öffne ich die alten Videoprojekte und beginne damit, sie umzuschneiden und neu hochzuladen. Alle echten Namen fliegen raus, nur noch ein paar Andeutungen bleiben. Lockeres Labern heißt nicht, dass ich die Freiheit habe, die Gefühle von anderen mit Füßen zu treten.

Endlich fühle ich mich besser.

Die (un)coolste Party der Welt
geht vollkommen schief

Die Xbox Kinect ist ein wesentlich angenehmerer Antreiber als Elaine, aber das macht die Sache mit dem Yoga auch nicht einfacher.

»Beugen Sie jetzt den Ellbogen etwas weiter«, weist mich die sanfte Stimme der virtuellen Yogalehrerin an. Auf dem Bildschirm kann ich mitverfolgen, dass ich bei meinen Übungen noch meilenweit danebenliege. Die Kamera hält alles eiskalt fest. Dabei habe ich meine Arme und Beine bereits in so unmöglichen Stellungen verknotet, dass ich bestimmt gleich um Hilfe rufen muss, wenn ich wieder aufstehen möchte. Außerdem schaffe ich es einfach nicht, diese Position länger als ein paar Sekunden zu halten. Von den zehn entspannten Atemzügen, die es eigentlich sein sollen, bin ich jedenfalls himmelweit entfernt.

»Sei stark, Fee!«, flüstere ich mir selbst zu. Yoga ist nicht erfunden worden, um die Menschheit zu knechten, sondern um Körper und Geist zu stärken. Wobei ich mir da gar nicht so sicher bin. Weshalb gibt es eigentlich Yoga? Sicherlich nicht, um Westeuropäern einen gesunden, sportlichen Körper zu verschaffen.

Ich würde gerne in der Wikipedia nachschauen, aber dafür müsste ich diese Übung unterbrechen und außerdem an Elaine vorbei. Und die wacht wie ein Schießhund mit der Stoppuhr über mein Gymnastik-Pensum. Am Ende markiert sie mir noch Punkt 6 als unerfüllt.

»Lassen Sie den Atem fließen und lösen Sie Ihre Arme und Beine.«

Hat jemals jemand etwas so Schönes zu mir gesagt? Wie Steine fallen meine Arme an meiner Seite herab und ich sacke auf den Rücken. Oh ja, da war etwas viel Schöneres: Jonas hat mich nach einem Date gefragt. Ein breites Grinsen breitet sich auf meinem Gesicht aus.

»Nanana«, unterbricht Elaine die süßen Gedanken, die mich gerade überwältigen. »Du kannst doch nicht erst das Intensivprogramm wählen und dann gleich schlappmachen! Wer hat nächste Woche ein Date? Die selbstbewusste Fee oder deine hängenden Schultern?«

»Bitte korrigieren Sie Ihre Haltung«, säuselt jetzt auch noch die Xbox dazwischen.

Per Flaschenpost werde ich gleich eine Warnung an alle zukünftigen Generationen abschicken: Stoppt die Computer, bevor sie die Herrschaft über die Menschheit übernehmen!

Ich schaue die beiden virtuellen Damen finster an. »Also gut. Wie ihr wollt.«

Ich beiße die Zähne zusammen und mache weiter. Elaine versteht mich und stellt ihre Antreiberei ein, während Miss Yoga 3000, oder wie auch immer sie heißt, mich weiter unaufhörlich ermahnt, meine Haltung zu korrigieren.

Die nächste Pose ist *Der Hund.* Irgendwie schaffe ich es aus der vorherigen Verrenkung heraus, meinen Hintern in die Höhe zu heben, Arme und Beine zu strecken und die

Fersen und Hände fest in den Boden zu drücken, wobei ich hier ein wenig schummeln muss, weil meine Waden sich verkrampfen.

Genau in dem Moment, in dem mein Po so richtig steil in die Höhe ragt, wird meine Zimmertür aufgerissen. Vor lauter Schreck rutsche ich ab und ein unglaublicher Krampf fährt mir in die Wade. Mit einem Schmerzensschrei stürze ich auf die Yogamatte.

Meine angeblich besten Freundinnen schauen entgeistert. Nur Kara wirft ihre Tasche von sich und kommandiert: »Auf den Rücken. Bein hoch.«

»Auuuu!« ist alles, was ich hervorbringe.

Geschickt dreht Kara mich um. Sie versucht, meinen Fuß zu schnappen und daran zu ziehen, während ich mich vor Schmerzen krümme. Schließlich überwinde ich mich und überlasse ihr mein Bein. Als hätte Kara ihr Leben lang nichts anderes gemacht, drückt sie meine Zehen nach oben und das Knie durch, damit die Wade lang und gestreckt ist. Ich kralle die Finger in die Yogamatte, lasse sie machen.

»Ganz tapfer, Fee.« Sie strahlt Ruhe und Zuversicht aus. Ich denke, sie sollte vielleicht doch Ärztin werden, die Patienten werden ihr sofort vertrauen. Schon der Anblick ihres Das-schaffen-wir-Lächelns lenkt mich von meinen Leiden ab. Tatsächlich sind die Schmerzen bald weg und mein Muskel fühlt sich nur noch ein wenig steif an.

»Kannst loslassen«, schniefe ich.

»Mensch, Fee, erschreck uns doch nicht so.«

»Ihr habt mich erschreckt!«

»Es ist halb drei«, merkt Sabs an. Sie schaut nicht mich an, sondern ihr Handy.

Sind wir nicht erst für vier verabredet?

Kara schaltet währenddessen die Xbox aus. »Probiers doch lieber mit normaler Gymnastik. Komm, ich zeige dir ein paar einfache Sachen.« Sie beugt sich mit durchgestreckten Beinen nach vorn und berührt mit ihren Händen den Boden. »Also, so weit brauchst du natürlich nicht runter. Und anschließend machst du ein paar Kniebeugen.« Sie legt los, als wäre sie Vorturnerin im Fitnessstudio.

Ich sitze da, reibe mir die schmerzende Wade und frage mich, ob ich im falschen Film bin.

»Kara, ich weiß, wie man sich aufwärmt, ich jogge seit Wochen.« Das klingt jetzt angefressener, als ich es eigentlich gemeint habe, aber sie muss mich doch nicht wie ein Baby behandeln, nur weil es nicht auf Anhieb mit dem Yoga klappt.

»Leute, beruhigt euch!« Charly wirft ihre Tasche auf mein Bett. »Fangen wir an. Heute Abend muss alles perfekt sein.«

Mühsam ziehe ich mich hoch. Ich kann schon wieder laufen, humple aber noch leicht. »Dann sage ich meiner Familie mal, dass sie noch fünf Minuten haben, bevor wir das Bad besetzen.«

Eine halbe Stunde später ist alles im Vor-Party-Rausch vergessen. Wadenschmerzen, Yogapeinlichkeiten, Zoff. Alles weggeblasen von der Aufregung, was mich heute Abend noch erwartet.

Karas Bluse steht mir wirklich gut. Sie ist an den Ärmeln leicht gepufft und asymmetrisch geschnitten. Darunter trage ich meinen neuen BH. Auch wenn man ihn gar nicht sieht. Der Wohlfühlfaktor wirkt sich bestimmt auf meine Ausstrahlung aus.

Bei den Stoffresten finde ich noch ein paar Stücke mit der britischen Flagge drauf. Daraus improvisiere ich schnell Applikationen für eine alte schwarze Röhrenjeans, die mir immer zu schade zum Wegwerfen war. Dazu suche ich die höchsten Schuhe aus, auf denen ich noch laufen kann, ohne umzufallen. Die Frisur mit der sanften Welle gerät unter diesen Umständen allerdings einen Touch wilder als ursprünglich geplant, und um angedeutete Katzenaugen komme ich auch nicht herum. Dafür schminke ich meine Lippen nur ganz dezent mit einem Gloss, der farblich super zur Bluse passt.

Als sogar mein Bruder mich in der Küche mit »Hey, Emma Watson!« grüßt, weiß ich, dass ich das Outfit meines Lebens trage. Jonas kann machen, was er will: Mir wird er heute nicht widerstehen können!

»Elaine! Heute ist mein großer Tag!«

»Denk an deine aufrechte Haltung!« Ihre langen Fingernägel klackern auf einem Plakat mit einer großen 8.

»Danke, Schlaumeier.«

»Jeder bekommt den Coach, den er verdient.«

»Sag mir lieber, ob ich schon eine Antwort von der Redaktion habe.«

»Nope. Nix. Nada. Du bist ganz schön ungeduldig.«

»Die antworten doch sicher sofort, wenn eine Bewerbung sie begeistert.«

»Ach, ich glaube, die bekommen so viele Bewerbungen, das dauert etwas länger, bis die alles sorgfältig gelesen haben.«

»Meinst du wirklich?«

»Schätzchen, eine Portion Geduld gehört zum Leben dazu.«

Tja. Dann sollte ich wohl schleunigst herausfinden, wie man sich in Geduld übt und dieses Jetzt-sofort!-Gefühl vertreiben kann.

Ich will *jetzt* einen Freund haben.

Ich will *sofort* einen kleinen Job.

Ich will, ich will, alles und gleich!

Zur Beruhigung knabbere ich an einem Stück Paprika, während ich die Mädels in meinem Zimmer kichern höre. Mit einem Teller voller Möhren, Gurkenscheiben, Apfelschnitze und Dipp gehe ich zurück ins Zimmer. Charly präsentiert sich gerade in meinem Rocker-Shirt und einer so engen, strassbesetzten Röhrenjeans, dass sie den Abend wohl stehend verbringen muss. Kara steht auf einem Stuhl und richtet ihr die Haare.

Als Sabs mich mit dem Teller erspäht, runzelt sie die Stirn. »Wird das eine schnelle Wellnessmaske oder habt ihr neuerdings Kaninchen?«

»Das ist unser Knabberkram«, sage ich. »Davon bekommt man eine schöne Haut. Chips und Schoki machen doch nur Pickel. Ich zücke einen Abdeckstift und drücke ihn auf das rot leuchtende Ding über ihrer linken Augenbraue. Sie dagegen mustert meine Oberschenkel, als hätte ich da zehn Kilo Speck zu viel.

»Gute Idee, weniger Kalorien in sich reinzustopfen.« Betont langsam nagt sie an einer Möhre.

Wäre ich eine Comicfigur, würde ich jetzt Dampf aus meinen Ohren ablassen.

Die kleine Spitzfindigkeit ist für Sabs auch schon längst vergessen. Sie rückt näher an mich heran. »Schau mal, da an meinem Kinn muss noch was abgedeckt werden.«

Ich drehe ihren Kopf besser ins Licht und beuge mich vor.

»Du?«, flüstert Sabs, sodass nur ich es hören kann.

»Ja?«

Sie seufzt schwer. »Mateo nimmt überhaupt keine Notiz von mir. Auf was für Mädchen steht er eigentlich?«

»Tja.« Ich schnalze mit der Zunge. »Zufällig habe ich meinen Bruder extra für dich ausgequetscht.«

Ihre Augen weiten sich. »Und?«

»Lad ihn einfach auf ein Eis ein.«

»*Ich* soll *ihn* einladen?«

»Natürlich. Oder hast du eine bessere Idee?«

»Na ja, wenn er heute Abend auf der Party ist, könntest du mich ihm vielleicht vorstellen?«

»Äh ... klar, mach ich.«

Was sage ich da am besten? *Hallo, das ist Sabs und die steht auf dich – sie passt auch viel besser zu dir als ich.*

Endlich kommen wir an der *Alten Scheune* an. Die erwartungsvolle Spannung steigt, als wir uns in die Schlange der Wartenden einreihen. Die *Scheune* ist ein Jugendclub, seit vor einigen Jahren der zugehörige alte Bauernhof abgebrannt ist. Zuerst haben in dem Gebäude tagsüber die Kinder gespielt und abends haben es sich die Jugendlichen dort bequem gemacht. Irgendwann wurde der Raum schließlich zum Club ausgebaut.

Fabis Eltern haben den gesamten Saal für seinen achtzehnten Geburtstag gemietet. Das heißt leider auch, dass die Party so groß ist, dass einem am Eingang der Personalausweis abgenommen wird. Für alle Minderjährigen ist um Mitternacht Schluss. Tja, und wer noch keinen Perso hat, also unter sechzehn ist, der kann schon am Eingang umdrehen und nach Hause gehen.

Wir haben uns deshalb in Zweiergrüppchen aufgeteilt: Sabs-Charly und Kara-ich. Wir müssen es schaffen, die Türsteher davon zu überzeugen, dass wir bloß unsere Ausweise vergessen haben, aber auf alle Fälle schon alt genug sind. Dafür haben wir extra ein besonders charmantes Lächeln geübt. Der eine Junge, der oft an der Tür steht – ich hab leider vergessen, wie er heißt –, geht bei uns in die Oberstufe. Alle wissen, dass er ab und zu bei einem hübschen Mädchen ein Auge zudrückt.

Wieder rücken wir ein paar Zentimeter weiter vor. Mein Blick klebt an den leicht splissigen Haarspitzen der Wasserstoffblondinen vor uns. Bei der einen steht das Etikett oben aus dem Spaghettiträgerkleid raus. Das macht mich erst recht nervös. Es ist verflixt schwer, die Hände stillzuhalten und das Zettelchen nicht einfach reinzudrücken.

»Wie heißt der Türsteher?«, frage ich Kara. Wäre zu peinlich, ihm schöne Augen zu machen und dann herumzustottern.

»Luis. Wenn er heute Abend überhaupt Dienst hat.«

Kara tut so, als wäre es ganz selbstverständlich, hier zu sein.

Jetzt sind nur noch Fräulein Etikett und ihre Klonin vor uns. Kara tippt fleißig auf ihrem Handy herum und wirft in regelmäßigen Abständen ihr Haar über die Schulter. Das würde ich jetzt auch gerne tun, aber wer weiß, was Elaine

118

wieder einfällt. Betont lässig hake ich meine Hand in der Hosentasche ein und versuche, heimlich den Schweiß von der Handfläche abzuwischen. Jetzt kann ich den Türsteher genauer sehen – und es ist leider nicht der, bei dem wir eine Chance gehabt hätten. Es ist überhaupt kein Junge, sondern ein Mädchen. Tja, das war's dann wohl.

Die Splissblondinen geben beide ihren Perso ab. Ellenlange Wimpern klimpern durch die warme Abendluft und das Etikett flattert in die *Scheune* hinein. Durch den Türspalt dröhnen uns satte Beats entgegen, Licht flackert. Dann fällt der Vorhang hinter dem Eingang wieder zu.

Schließlich stehen wir vor der Türsteherin und ihr Lächeln verschwindet augenblicklich von ihren Lippen. Zack und weg. Sie ist nur etwa so groß wie ich und höchstens fünf Jahre älter, strahlt aber eine unheimliche Autorität aus.

»Abflug, Mädels«, sagt sie, ihr Kinn zeigt uns den Weg zur Straße.

Ich kann nicht anders, als ihren dicken schwarzen Zopf zu bewundern. Wie schafft sie es bloß, die Haare so glänzen zu lassen, ohne dass sie strähnig aussehen?

»Wie bitte?« Kara wirft sich in ihre Angriffspose und mimt die eingeschnappte Zicke.

»Keine Diskussion.«

»Wir sind Fabis persönliche Geburtstagsgäste.«

»Ihr habt nicht mal euren Perso rausgeholt.«

Da hat sie recht. Alle anderen in der Schlange haben die Ausweise längst gezückt.

»Ich kenne die Ausreden. Abmarsch!«

Aus den Augenwinkeln sehe ich, wie Kara sich aufplustert. Sie will dem Mädchen eine Szene machen, aber ich sehe in den Augen von Schwarzzopf, dass sie keinen Millimeter nachgeben wird. Mir reicht's.

Auf dem Weg über die Straße zischt Kara mich an: »Du kannst mich doch nicht einfach allein stehen lassen!«

»Was sollte der Quatsch, wir wären Geburtstagsgäste?«

»Es ist eine Party, wir gehen hin, wir sind Gäste.«

»Ganz offensichtlich sind wir aber *nicht* auf der Party.«

Wir überholen ein paar Grüppchen, die es wohl auch nicht geschafft haben. Einige der Mädels haben verschmierte Gesichter vom Heulen, andere regen sich auf.

Mir kommt ein Gedanke. »Ruf Josh an, er soll uns reinbringen.«

Kara guckt wie ein angeschossenes Reh. »Ruf du doch Jonas an.«

»Jonas und ich hatten noch nicht mal ein Date!«

»Fee, die Boys lieben es, alles für eine Frau zu tun. Er soll sich mal ein wenig für dich anstrengen. Es macht dich für ihn gleich attraktiver, wenn er dich retten kann.«

Sie schwenkt ihr Handy wie einen Zauberstab.

Ich presse die Lippen aufeinander und tue so, als würde ich bei WhatsApp irgendetwas eintippen. Elaine sieht mir interessiert zu, hält aber ausnahmsweise mal die Klappe.

»Er ist noch nicht da.«

»Dann warten wir.« Kara lehnt sich an eine Hauswand und beginnt, mit irgendwem zu texten, während ich überlege, wie ich aus der Nummer wieder herauskomme. Bestimmt erzählt sie alles brühwarm Sabs und Charly weiter. Falls die zwei es auch nicht schaffen reinzukommen, gesellen sie sich sicher bald zu uns.

»Scht!«, macht Elaine. Sie klettert zu Facebook und zieht

ein Foto aus dem Profil meines Bruders hervor. Ein leerer Bartresen. Das hatte ich noch gar nicht gesehen, weil ich nie in Felix' Chronik stöbere. Sind sowieso meistens nur irgendwelche Bilder von Darth Vader mit dummen Sprüchen oder Programmiererwitze. Was auf diesem Foto zu sehen ist, sieht allerdings verdächtig nach der Bar in der *Scheune* aus.

Vor einer Stunde hat Felix dazugeschrieben: »Bin spontan als Barkeeper eingesprungen. Die Musik ist so lala, noch ist es gähnend leer.«

Deshalb hat er sich heute Nachmittag so schnell verkrümelt. Der Kerl weiß doch genau, dass ich meine halbe Handtaschensammlung geben würde, um auf diese Party gehen zu können.

Lieblingsbrüderchen, schreibe ich ihm. *Deine süße Schwester möchte auch gern auf die Party.*

Als keine Antwort kommt, füge ich noch hinzu: *Ich mähe auch den Rasen — bis zu den Sommerferien.*

Keine Antwort. Der Kerl ist doch nicht ausgerechnet jetzt offline! Wütend schnaube ich vor mich hin. Und urplötzlich ist da Pauls Stimme neben meinem Ohr.

»So schön und doch so wütend?«

Entsetzt fahre ich herum und auch Kara zuckt zusammen. Direkt neben mir steht Spaghetti-Spargel-Bohnenstangen-Paul, der weltgrößte Scherzkeks seit Kindergartentagen. Er ist so groß, dass ich den Kopf in den Nacken legen muss. Alles an ihm ist lang und schmal, sogar das Gesicht unter den hellbraunen Fransen.

»Felizitas, du guckst wie eine Babyrobbe, der gerade jemand gesagt hat, Pelz wäre wieder in.«

Und du siehst aus wie eine Giraffe, der jemand einen Stein um den Hals gehängt hat.

»Schleich dich nie wieder so an mich ran!« Ich hebe die winzige Clutch, die mit ihren aufgenähten Spiegelchen kein bisschen bedrohlich aussieht.

»Wie schafft ihr Frauen es eigentlich, einen kompletten Schminktisch in so einer vergrößerten Handyhülle unterzubringen?«

»Zieh einfach Leine. Du hast uns gerade noch gefehlt.«

»Und ob ich euch gefehlt habe!« Mit beiden Händen glättet er sein Hemd.

Ohne diese eklige Bewegung und seine doofen Sprüche wäre er eigentlich ganz okay. Dunkel erinnere ich mich an unsere gemeinsame Kindergartenzeit. Ewigkeiten bevor Kara in die Gegend zog. Paul hatte immer eine große Klappe, aber er war für mich fast wie ein großer Bruder. Lange ist's her.

»Ihr wollt doch heute Abend sicher ein wenig Party machen.«

Mit dem Zeigefinger tippe ich ihm an die Brust. So, dass es für ihn unangenehm ist und er ein kleines Stückchen nach hinten ausweicht. »Aber bestimmt nicht mit dir auf irgendeinem gammeligen Kinderspielplatz.«

Ja, das muss ... Jahre her sein. Auf einem Spielplatz haben wir unser erstes Bier probiert ... ganz heimlich. Er hatte alles organisiert, und so saßen wir mit fünf Freunden im Spielplatzkarussell um zwei Dosen herum. Das fanden wir damals wahnsinnig witzig, bis Paul anfing, das Karussell immer schneller zu drehen.

»Kein Problem.« Er zieht einen unsichtbaren Hut. »Dann

suche ich mir zwei andere hübsche Mädels, damit ich Backstage nicht allein erscheinen muss.«

»Mooooment!« Kara steht mit einem Mal zwischen uns. »Wenn Fee hierbleiben will: gern.« Blitzschnell hakt sie sich bei ihm unter, schüttelt die Goldmähne und sieht aus wie die Cheerleaderfreundin eines Basketballspielers.

Ohne ein weiteres Wort hänge ich mich an Pauls andere Seite. Er scheint vor Stolz noch einmal um einen ganzen Meter zu wachsen, während ich versuche, einigermaßen Haltung zu bewahren. Kara räuspert sich. »Ähm, wir sollten einen kleinen Umweg machen.«

»Ah.« Paul zieht eine Augenbraue hoch. »Ihr habt euch wohl vorn schon unbeliebt gemacht?«

Irgendwie gelingt es uns, die *Scheune* zu umrunden, obwohl wir dabei durch ein kleines Stückchen Wald stöckeln müssen. Ein anschließender Blick in den Spiegel verrät mir, dass ich zum Glück noch immer ganz passabel aussehe. Nur die Hundekacke, in die ich getreten bin, müffelt leicht an meinem Schuh. Blödes Mistzeug! Obwohl ich die Sohle total hysterisch mit Blättern und Wasser gereinigt habe, hört es nicht auf zu stinken. Hoffentlich fällt das drinnen keinem auf. Zur Sicherheit besprühe ich mich und die Schuhe mit einer weiteren Ladung Tropical-Deo.

»Hey, du riechst wie ein ganzer Obstkorb«, hustet Paul. »Zum Anbeißen sozusagen.«

Beim Gedanken daran, von Paul angeknabbert zu werden, wird mir speiübel. Kara sieht dagegen aus, als würde sie mir gern ihren Mascarastift zwischen die Rippen rammen. Zum Glück kommen wir gerade vor dem Lieferanteneingang an.

Hier ist die Atmosphäre entspannter als vorn, zwei Jungs aus Fabis Klasse stehen herum, rauchen und kümmern sich wohl darum, dass niemand hier heimlich hereinschleicht. Paul winkt ihnen zu, High Fives machen die Runde. Woher auch immer er die Typen kennt, sie halten uns ohne viele Fragen die Tür auf und wünschen uns viel Spaß.

»Uff«, macht der eine, als ich an ihm vorbeigehe.

Ups, war wohl doch etwas viel Deo. Ich wedle dafür den Rauch seiner Zigarette weg.

Kaum sind wir im großen Discoraum angekommen, packt Paul mich und Kara fest um die Hüften und schiebt sich mit uns in einen Pulk aus Klassenkameraden hinein, die es alle irgendwie geschafft haben, an der schwarzbezopften Wachhündin vorbeizukommen.

»Leute, seit heute bin ich kein Teetrinker mehr, ich stehe total auf KaFee.« Er grinst. Ich haue ihm auf die Finger und mache mich von ihm los.

Schließlich haben wir, was wir wollten: Wir sind drin, er hatte seinen Spaß und sogar seine fünf Minuten Ruhm. Jetzt reicht's! Kara schmiegt sich währenddessen eng an ihn und lacht schrill. Macht sie einfach nur den Scherz mit oder steht sie tatsächlich auf Paul?

Im nächsten Moment habe ich Paul und Kara und alle anderen aber schon vergessen, denn ich erspähe Jonas. Während ich mich zu ihm an die Bar durchboxe, schieße ich schnell ein Foto von der tanzenden Menge und schicke es an Sabs und Charly. *Wir sind drin. Wo seid ihr?*, schreibe ich dazu. Dann lehne ich mich neben Jonas an den brechend vollen Tresen. Ein Hauch seines Aftershaves weht zu mir herüber, ein männlicher, markanter Duft.

»Hey, Jonas«, säusle ich.

Er schaut mich kurz an und lächelt ein Lächeln, bei dem mir eine Gänsehaut über den Rücken kribbelt.

»Hey«, sagt er. Sein angenehm tiefer Bass ist sogar über die Musik zu hören, ohne dass er schreien muss. Dann verschwindet sein Gesicht hinter einer Bierflasche.

Eine eisig kalte Enttäuschung nimmt meinen Magen in den Klammergriff. Wie wäre es mit einer kurzen Umarmung? Er könnte sich auch einfach zu mir rüberlehnen und ein Gespräch beginnen. Sein Verhalten irritiert mich. Erst als er auf sein Handy schaut, hält er inne und sein Blick wandert erneut zu mir.

»Fee!« Er strahlt. Grübchenalarm! »Wow!« Sein Blick wandert langsam von meinem Gesicht bis zu meinen Schuhen. »Du siehst fantastisch aus!«

»Danke«, hauche ich. Das wird er kaum gehört haben, aber mein Lächeln spricht bestimmt für sich.

Er winkt über den Tresen, zeigt auf mich und ruft: »Ein Bier!«

»Das könnt ihr knicken!«, lautet die wenig charmante Antwort.

Die Stimme kenne ich. Offensichtlich ist heute nicht nur mein Bruder als Barkeeper eingesprungen, sondern auch Mateo. Er schaut mich kurz finster an, dann feuert er seinen nächsten Blick auf Jonas ab.

»Mann, sie ist fünfzehn!«

Mir wird jetzt richtig warm. Die Luft hier drin ist furchtbar stickig.

»Ich will gar kein Bier«, sage ich. Das stimmt. Es schmeckt mir einfach nicht. Statt Bier hätte ich gern frische Luft. Ich versuche, Jonas vorsichtig wegzuziehen. Die Party ist mir mit einem Mal viel zu voll und zu laut. Viel lieber würde ich mich mit ihm romantisch an den Waldrand setzen und warten, bis es dunkel ist und die Sterne leuchten.

Jonas lehnt sich stattdessen lässig zu Mateo über den Tresen. »Jetzt hab dich nicht so, du Spaßbremse.«

»Sie will kein Bier.« Mateo verschränkt die Arme vor der Brust. Er sieht aus, als wollte er eine ganze Stadt allein gegen eine Armee von Orks verteidigen. »Und in der *Scheune* gibt es keinen Alkohol für Minderjährige. Das hier ist ein Jugendclub.«

»Wir reden bloß von einem Bier.«

»Da gibt es nichts zu diskutieren.«

Mateo will sich von ihm abwenden, aber Jonas macht sich lang und packt ihn am Shirt. »Mach dir nicht ins Hemd. Nur weil dein Zeugnis voller Einser ist, bist du noch lange nicht der tollste Hecht im Teich.«

»Du kassierst gleich Hausverbot.«

»Wenn du nicht so ein Feigling wärst, Computergesicht, würden wir das vor der Tür klären, wie echte Männer.«

Mein Herzschlag beschleunigt sich. Hoffentlich prügeln die zwei sich nicht gleich wegen mir. Ich gehöre wirklich nicht zu den Mädchen, die es romantisch finden, wenn ein Junge aus verletztem Stolz für sie handgreiflich wird.

»Noch ein Wort und du fliegst.«

Mit rollenden Augen stößt Jonas sich vom Tresen ab. Er breitet die Arme aus wie ein Flugzeug und grummelt uns zu: »Abflug, Leute.« Links und rechts müssen die Feiernden zusammenrücken, damit Platz für ihn ist.

Ich folge ihm. Auch, weil ich nicht recht weiß, was ich

sonst tun soll. Da kommt von Sabs die Nachricht, dass sie sich an Fräulein Schwarzzopf die Zähne ausgebissen haben. Auch von Kara ist nichts zu sehen. Wahrscheinlich saugt sie sich gerade in einer dunklen Ecke an Josh fest.

Ich beobachte Jonas, wie er die Flasche wieder an die Lippen setzt. Schöne, weich geschwungene Lippen. Lippen, die zu einem feinsinnigen Menschen gehören. Sicher fühlt es sich unglaublich gut an, ihn zu küssen. Fürs Knutschen muss das Herz richtig klopfen und die Schmetterlinge spielen dann im Magen Fangen, glaube ich.

Während ich Jonas' Lippen auf Kusstauglichkeit hin checke, beginnt ein langsamer Song. Überall kommen sich die Pärchen näher und beginnen, eng umschlungen zu tanzen. Dann steht Jonas plötzlich direkt vor mir und mein Herz schlägt bist zum Hals. Doch noch bevor ich in Panik verfallen kann, legt er seine Arme um mich. Wie von selbst finden meine Hände den Weg an seine Hüften und mein Kopf schmiegt sich an seine Schulter. Er ist nur ein winziges bisschen zu groß, sodass ich mich nicht in seine Halsbeuge schmiegen kann. Aber das ist mir gerade völlig egal. Die Schmetterlinge in meinem Magen flattern nicht nur, sie kreisen wie auf einer Rennbahn. Die Wärme, die von Jonas' Körper ausgeht, lässt mich all den Ärger und Streit des Tages vergessen.

Ich würde mich am liebsten völlig in diesem Augenblick verlieren, wäre sein Aftershave nicht so stechend. Dazu kommt ein leichter Geruch nach kaltem Zigarettenrauch. Jetzt, wo ich so nah an ihm lehne, fällt mir das erst so richtig auf. Seine Gerüche überdecken sogar mein süßliches Tropenfrüchte-Deo.

Ganz großartig, Fee!, lobe ich mich selbst ironisch. *Du liegst in den Armen eines der begehrenswertesten Jungen überhaupt und mäkelst an Kleinigkeiten rum. Du hast doch selbst zu viel Parfüm benutzt.*

Das Lied ist zu Ende. In meinen Träumen hatte ich mir vorgestellt, wie sich Zeit und Raum auflösen würden, wenn ich eines Tages mit einem so wundervollen Traumprinzen wie Jonas tanze. Alles um mich herum würde aufhören zu existieren, er und ich wären das Zentrum des Universums.

Aber jetzt, wo der große Moment da ist, funktioniert es nicht. In meinen Träumen kamen keine Gerüche vor, die mich in der Realität festhielten.

Der Moment mag theoretisch noch so perfekt sein: Einen weiteren Tanz halte ich nicht durch. Jonas scheint das zu spüren, denn er löst sich sanft von mir und zieht mich mit sich.

Sein Arm liegt schwer und warm auf meiner Schulter, als wir zu seinen Freunden schlendern. Zwei von den Mädels aus seiner Clique schauen mich ungläubig, ja sogar neidisch, an. Es sind die Splissblondinen aus der Warteschlange. Der einen steht noch immer das Etikett hinten aus dem Kleid raus. Von vorn erkenne ich die beiden jetzt auch endlich wieder: zwei der It-Girls aus der Oberstufe. Dass die sich überhaupt an der Vordertür anstellen mussten, wundert mich.

Ich kuschle mich enger an Jonas. Er ist mein Schutz gegen diese noch fremde Welt, die ich gerade betrete. Ich gehöre jetzt dazu. Zu diesen angesagten Leuten.

»Möchtest du einen Schluck?« Jonas' Mund ist ganz nah an meinem Ohr, seine Lippen streifen meine Wange. Dort, wo mich sein warmer Atem berührt, prickelt es. Dann mache ich einen Fehler und atme ein. Dabei rieche ich nicht nur sein Aftershave, sondern auch das schale Bier in seinem Atem. Und plötzlich wird aus dem sanften, romantischen Prickeln Erschaudern.

Weshalb bin ich heute nur so empfindlich? Sollte seine Anwesenheit nicht dafür sorgen, dass ich diese kleinen Nichtigkeiten völlig vergesse und einfach auf Wolke sieben schwebe? Stattdessen breitet sich ein bitterer Geschmack auf meiner Zunge aus. Ich habe zu hohe Erwartungen in diesen Abend gesetzt. Ich habe mir zu lange und intensiv ausgemalt, wie perfekt diese Party sein würde. Und jetzt wirft mich jede Kleinigkeit, die nicht dieser Wunschfantasie entspricht, aus der Bahn. Statt zu genießen, stehe ich da und hoffe, dass alles nur ein anstrengender Traum ist, aus dem ich gleich aufwache. Mit einem Bauchklatscher in der Realität ankommen, nennt man das wohl.

Jonas lässt die Bierflasche vor meinen Augen kreisen. Ich schüttle schnell den Kopf, was meine Nase etwas aus seiner Reichweite bringt. »Mir ist schwindlig.«

»Dann halte ich dich fester«, flüstert Jonas mir ins Ohr, während sein Arm schwer auf meiner Schulter ruht.

Aus den Augenwinkeln sehe ich, wie sich ein paar der Mädchen in der Runde das Maul zerreißen und dabei auf das Etikett der einen Blondine zeigen, als sie nicht hinsieht. Ich tippe ihr auf die Schulter. »Der Zettel schaut aus dem Kleid.«

Sie tastet erschrocken an ihrem Nacken herum, bis sie das Problem beseitigt hat.

»Honey, du bist eine edle Retterin.« Wie aus dem Nichts steht Kara plötzlich vor mir. Ihre Wangen sind gerötet. Sie wirkt aufgedreht und scheint sich prächtig zu amüsieren.

Keine Spur von Josh. Auch eine Napfschnecke muss wohl mal allein pinkeln gehen.

»Danke«, ruft mir die Blondine zu. »Dein Outfit ist übrigens der Hammer. Wo hast du die geniale Jeans her?«

»Das kannst du ganz leicht selbst machen. Schau einfach auf Youtube nach *Fees fabelhaftem Atelier*, das ist mein Videoblog. Morgen kommt die Anleitung.«

Sie zieht die Augenbrauen hoch und mustert skeptisch die Jeans. »Ist ja irre!«

So wie sie es sagt, weiß ich nicht genau, ob sie es irre gut oder irre idiotisch findet. Aber wenn ich die Blicke der anderen Leute in der Runde richtig deute, kommt mein Selbstmachstil ganz gut an.

Kara boxt mich mit dem Ellbogen in die Seite und kichert, wobei ihr die Clutch aus der Hand fällt. Gleichzeitig bücken wir uns danach, und gerade als mein Finger die Tasche erwischt, höre ich das Reißen von Stoff. Ich greife sofort mit der Hand an meine Seite, aber es ist zu spät: Die Bluse ist von oben bis unten aufgeplatzt.

Wenigstens habe ich den schönen BH an, ist mein erster Gedanke, dann setzt mein Fluchtinstinkt ein.

»Honey!«, kreischt Kara und versucht, mit ihren Händen das Loch zu schließen, wodurch sie es noch schlimmer macht. Die Jungs pfeifen und die Mädels beginnen zu lachen. Die ersten Handys werden gezückt. Ich kann einfach nicht glauben, dass mir niemand hilft. Stattdessen versucht jeder, ein möglichst peinliches Foto zu machen. Ich rücke näher an Jonas heran.

»Das sieht echt heiß aus«, flüstert er.

Das ist nicht gerade, was ich jetzt hören will. Ich rücke

von ihm ab. Mit den Fingern halte ich verzweifelt das Loch zu und hoffe, dass wenigstens die anderen Nähte halten. Ohne mich zu verabschieden, ergreife ich die Flucht. Weder Kara noch Jonas laufen mir nach und das ist auch gut so, denn mir kommen die Tränen, während ich mich durch die tanzenden Leiber der Feiernden schiebe. Die Musik dröhnt in meinen Ohren, ich kämpfe mich langsam und zäh voran, wie in einem Albtraum.

Das ist ein Albtraum!

Dann taumle ich endlich ins Freie. Fräulein Schwarzzopf wirft mir einen finsteren Blick hinterher, kümmert sich ansonsten aber nicht weiter um mich. Die Schlange der Wartenden ist noch immer lang. Kaum zu glauben, dass ich vor noch nicht einmal einer Stunde selbst in dieser Reihe stand und unbedingt reinwollte. Hätte ich da schon ahnen können, was mich erwartet?

Ich ziehe die aufgeplatzte Naht fest zusammen und klemme meinen Oberarm an meinen Körper. So schnell es meine hohen Schuhe erlauben, eile ich davon.

Wo ist eigentlich die nächste Bushaltestelle? Direkt an der *Scheune* kann ich nicht warten. Bestimmt machen bereits die ersten Bilder die Runde. Und irgendwo hier stehen Sabs und Charly rum. Auf deren Gesellschaft kann ich gerade herzlich verzichten. An der nächsten Ecke bleibe ich kurz stehen und zücke mein Handy.

»Wie kann ich dir helfen?« Elaine ist noch völlig in Partylaune. Hinter ihr strahlt eine Discokugel, Scheinwerfer flackern.

»Wann fährt der nächste Bus und wo ist die Haltestelle?«, kommandiere ich.

Elaine reagiert leicht verschnupft auf meinen Tonfall. »Bin ich hier die allgemeine Auskunft? Lauf zur *Scheune* zurück, dort kommt in einer halben Stunde ein Bus.«

»Gibt mir eine andere Haltestelle.«

Elaine runzelt die Stirn. »Wie du möchtest.« Sie öffnet eine Navigations-App und zeigt mir eine Haltestelle, zu der ich ungefähr eine Viertelstunde brauche.

»Da kann ich auch gleich nach Hause laufen.«

»Dein Bruder textet dir gerade, ich zitiere: *Gib Jonas, dieser Flachzange, den Laufpass. Mit dem will ich nicht frühstücken.*«

»Wo sind wir denn hier, dass ihr zwei Besserwisser mir vorschreibt, an wen ich mein Herz verschenke?«

»Welche Laus ist dir denn über die Leber gelaufen?«

Ich beschließe, das schweigend auszusitzen, aber Elaine ist kein Mensch und reagiert deshalb auch nicht wie vorgesehen.

»Kopf hoch, Fee. Ich weiß zwar nicht, weshalb die Party für dich schon zu Ende ist, aber ich lotse dich gern nach Hause.«

»Sonst schaust du doch auch immer in mein WhatsApp und weißt, was los ist«, maule ich.

»Da steht aber nichts drin.« Ich will schon aufatmen, als Elaine sich korrigiert: »Ups, da kommt eine Nachricht rein. Sabs fragt, ob dir das wirklich passiert ist, und Kara fragt, wo du bist.«

Ich bebe regelrecht vor Zorn. Wenn ich bloß Nähzeug dabeihätte! Dann würde ich das Loch flicken, zurückgehen und denen die Meinung geigen. Und kein Schwarzzopf könnte mich daran hindern!

»Feiglinge! Sie hätten mir einfach helfen können.«

Auf der Straße ist es mittlerweile still geworden. Keine enttäuschten Partygänger laufen mehr durch die Gegend und nur ganz selten kommt ein Auto vorbei. So spät am Samstagabend ist hier im Industriegebiet niemand mehr unterwegs. Gut so. Ich gebe sicher einen merkwürdigen Anblick ab.

Ich schaue stur auf den Gehweg, und so bemerke ich die zwei Männer erst, als ich schon fast in sie hineinstolpere. Sie lehnen am Zaun eines Getränkehandels und teilen sich eine Flasche, die verdächtig nach Hochprozentigem aussieht. Sie wirken gelangweilt, wie Leute, die um diese Uhrzeit nichts Besseres zu tun haben, als im Industriegebiet zu saufen. Es ist zu spät, um unauffällig die Straßenseite zu wechseln. Wenn ich jetzt ausweiche, machen diese unangenehmen Typen sich auf jeden Fall einen Spaß daraus, mir nachzulaufen und mich anzupöbeln.

Obwohl meine Nerven flattern, versuche ich, meinen schlurfenden Gang beizubehalten, als wären mir die zwei so was von egal. Leider hält mein Körper sich gerade nicht an meine Anweisungen. Das Klackern meiner Schuhe wird immer schneller, meine Atmung beschleunigt sich. Unbewusst ziehe ich den Kopf ein und versuche, schleunigst an den Typen vorbeizuhuschen. Sicher sieht jeder Blinde sofort, dass ich vor Panik schlottere. Mein Blick fixiert das Handy, meine Finger tippen bereits einen Hilferuf an Sabs.

Der mit der Flasche pfeift mir hinterher. Der andere, er trägt ein schmuddeliges Bayerntrikot, ruft in meine Richtung: »Bleib doch ein bisschen bei uns.«

Irgendwoher nehme ich eine Portion Coolness. »Danke«, antworte ich, ohne aufzusehen. »Ich hab's eilig, mein Freund wartet.«

»Och, der kann gern mitfeiern. Wir haben nix gegen Gesellschaft.«

Aus den Augenwinkeln beobachte ich die beiden. Sie wirken recht trainiert. Meine Chancen, ihnen in diesen Schuhen davonzulaufen, stehen sehr schlecht.

Und tatsächlich, kaum bin ich an ihnen vorbei, lösen sie sich wie auf Kommando von der Mauer. Da ich ohnehin nicht rennen kann, behalte ich meinen festen Gang einigermaßen bei und straffe die Schultern. In meinem Nacken kribbelt es, als ich ihre Schritte auf dem Asphalt höre.

Betont auffällig öffne ich mein Täschchen, als hätte ich darin Pfefferspray. Die zwei legen einen Zahn zu und mit einem Mal sind sie schon links und rechts von mir. Ich schaffe es gerade noch, die Nachricht abzuschicken, als mir Flasche schon das Handy entreißt.

»Hey, so ein hübsches Handy wollte ich schon immer haben.«

Trikot glotzt mich von der anderen Seite an. »Und einen hübschen BH hat das Mädchen. Möchtest du den für uns mal ausziehen?«

In meinem Kopf rattert es. Vor Jahren hat Felix mir ein paar Selbstverteidigungstricks gezeigt – die ich alle längst wieder vergessen habe. Instinktiv fährt mein Ellbogen aus. Trikot ist davon so überrascht, dass ich ihn in der Nierengegend treffe und er kurz stehen bleibt. Sein Kumpel geht in Abwehrhaltung. Es hat keinen Sinn, nach ihm zu treten, er ist eindeutig fitter als ich und hat mehr Erfahrung darin, sich zu prügeln. Also lasse ich die Clutch fallen und bringe Platz zwischen mich und die Typen. Mit einem gewagten Manöver reiße ich mir einen Schuh vom Fuß. Keinen Augenblick zu spät, denn Flasches Faust fliegt in meine Richtung. Ich kann ihm ausweichen und erwische seine Hand mit dem spitzen Absatz. Nicht schlimm, aber hart genug, um ihn zögern zu lassen. Während er mein Handy in seiner Hosentasche verschwinden lässt, um beide Hände frei zu haben, ziehe ich den zweiten Schuh aus und weiche zurück.

Mein Vorteil ist eine Straßenlampe im Rücken. Der Mistkerl blinzelt und kneift geblendet die Augen zusammen.

Zu meiner Rechten nehme ich plötzlich einen Schatten wahr. Ohne nachzudenken, schlage ich mit dem Schuh danach. Der Trikottyp ist vorbereitet und hält den Absatz fest. Keine Chance, ihm eine zu verpassen, also kreische ich los wie eine wilde Furie, schmeiße mit aller Kraft den zweiten Schuh auf Flasche, der ihn irritiert abwehrt, und wetze an den beiden vorbei, zurück in Richtung *Scheune*. So schnell wie möglich raus aus diesem verdammten, verlassenen Industriegebiet. Flasche greift nach mir, die Bluse reißt zum zweiten Mal. Ich bitte Vivienne Westwood innerlich um Verzeihung und danke Elaine für die Schinderei mit dem Jogging, denn das regelmäßige Training verschafft mir jetzt tatsächlich einen Vorsprung.

Ich kann das Trampeln der Typen hinter mir hören.

Nicht umdrehen. Nicht umdrehen! Wie nah sind sie? Meine Füße brennen, die dünnen Söckchen bieten kaum Schutz. Bei jedem spitzen Stein, der sich in meine Sohle bohrt, möchte ich schreien, mich auf den Boden werfen und vor Schmerzen heulen. Stattdessen kralle ich meine Fingernägel in meine Handballen. *Atmen. Weiter atmen. Durchhalten.* Dort vorn ist schon die Kurve, hinter der die ersten Grüppchen herumsitzen. Ein kleiner Sprint bis zur Sicherheit. Ich beginne um Hilfe zu schreien, hole Luft, schreie noch einmal. So gut es geht, atme ich weiter und erhöhe das Tempo.

Meine Konzentration auf das Laufen ist so stark, dass ich Mateo um ein Haar zum zweiten Mal in dieser Woche umrenne. Er eilt mir entgegen, dann an mir vorbei. In seinem Rücken kann ich endlich aufhören zu rennen. Mir ist schwindlig von der plötzlichen Anstrengung, dennoch nehme ich alle Kraft zusammen und stehe aufrecht. Allein wird er das nicht schaffen. Also taumle ich weiter, rufe hustend noch einmal um Hilfe. Immer wieder sehe ich über die Schulter zurück.

»Verzieht euch!«, Mateos Worte dröhnen über die Straße. Ich hätte nie gedacht, dass er eine so kräftige Stimme hat.

Aber entweder haben die Typen zu viel Schwung oder zu viel Lust auf Ärger. Flasche versucht es mit einem saftigen Fausthieb, während Trikot sein Bein in bester Thai-Box-Manier auf Kopfhöhe streckt. Schon sehe ich Mateo unterliegen und bitte meine verkrampften Muskeln, schneller zu laufen, damit ich Hilfe holen kann. Doch Mateo bewegt sich blitzschnell. Unter dem Bein taucht er einfach durch und tritt Trikot so heftig gegen das Knie, dass es einknickt. Die Faust von Flasche lenkt er locker zur Seite weg, packt dann dessen Ellbogengelenk und schneller als ich schauen kann, hat er dem Typen den Arm auf den Rücken gedreht.

»Ihr verzieht euch jetzt«, sagt er ganz ruhig.

»Er hat mein Handy«, krächze ich.

»Rück ihr Handy raus. Dann nimm deinen Kumpel mit und verschwinde. Klar?«

»Klar«, presst der Typ zwischen zusammengebissenen Zähnen hervor. Umständlich fummelt er mein Handy aus seiner Hosentasche. Sein Gesicht ist angespannt, der Griff, mit dem Mateo ihn in die Knie zwingt, sieht schmerzhaft aus.

Die Typen trollen sich endlich. Mateo fragt, ob alles in Ordnung ist. Ich würde jetzt gerne auf die Knie fallen und vor Erleichterung heulen. Aber Sabs und Charly kommen um die Ecke gelaufen, die Türsteherin im Schlepptau.

Als ich Sabs entsetzten Blick bemerke, schaue ich an mir runter: Die Bluse ist nur noch ein Fetzen, der sehr notdürftig das Untendrunter bedeckt. Ich raffe zusammen, was an Stoff noch übrig ist.

»Fee!«, ruft Sabs und reißt mich in ihre Arme. »Himmel, bin ich froh, dass dir nichts passiert ist.«

Ich klammere mich an ihr fest wie eine Ertrinkende. Hinter mir höre ich etwas rascheln, dann hält mir Mateo sein Shirt unter die Nase. »Riecht nicht gut, aber bis zu Hause wirst du damit überleben.«

Nach den Schrecken der letzten Minuten kann ich mir keinen himmlischeren Duft vorstellen als den, den dieses dunkelgrüne Shirt verströmt. Ich löse mich von Sabs und umarme Mateo ganz fest.

»Danke«, hauche ich. Meine Knie zittern, mein Herz rast noch immer. Ich möchte mich ganz fest an ihn drücken und mich von ihm beruhigen lassen.

Ohne nachzudenken, küsse ich ihn.

Neues aus Fees fabelhaftem Atelier:

Liebe Kreative!

Ein einfarbiges dunkelgrünes Shirt? Ist das nicht ein bisschen langweilig? Zufällig habe ich gestern herausgefunden, wie gut das zu meiner neuen Haarfarbe und zu meinen Augen passt. Außerdem erinnert mich das Shirt an einen Moment, den ich sicher nicht so schnell vergessen werde.

*

Ich muss die Aufnahme zweimal wiederholen, weil ich immer wieder dämlich grinse, als hätte mir ein Zombie das Hirn ausgelutscht. Der Geruch des Shirts beschwört die Erinnerung an Mateos Lippen wieder herauf. Sein erstaunter Blick fällt mir wieder ein. Die warme Stärke, mit der er mich festgehalten hat.

*

Heute zeige ich euch zwei Tricks, um eine alte Jeans aufzupeppen. Es gibt in Sachen Klamotten ja nichts Schlimmeres als Lieblingsstücke, die kaputt gehen. Außer vielleicht geplatzte Nähte. Stellt euch nur mal vor, ihr geht auf *die* Party des Jahres, der begehrteste Junge weit und breit hat seinen Arm um eure Schultern gelegt, ihr schmiegt euch an ihn ... aber dann passiert es: Aus irgendeinem Grund bückt ihr euch und eure Bluse reißt auf. Ein Albtraum! So wie diese Bluse hier.

*

Ich halte die Überreste vor die Kamera.

*

Wie ihr sehen könnt, sind die Nähte schon einmal geflickt
worden, aber so schlecht, dass sie gar nicht halten konnten.
Ich gehe sogar so weit, zu behaupten, dass es Absicht war
und die Fäden nach einiger Zeit aufgehen sollten, um die
Trägerin vor allen zu blamieren. Wie man eine richtig gute
Reparatur durchführt, zeige ich euch jetzt.

*

Ich lege die Bluse unter die Nähmaschine, und während ich
erläutere, was bei der alten Reparatur schiefgelaufen ist und
wie man eine wirklich haltbare Naht hinbekommt, schweifen meine Gedanken ab. Letzte Nacht habe ich kaum ge-
schlafen. In meinem Kopf und in meinem Magen kreisen
noch immer die Gefühle. Die Wut über Karas Hinterhältig-
keit, als sie mir diese Bluse ausgeliehen hat. Die Angst wegen dieser Typen. Ärger über mich selbst. Und dann ist da
noch Nervosität. Wenn ich auch nur kurz an Mateo denke,
durchläuft mich ein elektrischer Schlag. Alle meine Sinne
sind hellwach. Die eine Hälfte meines Körpers und meines Verstandes will so schnell wie möglich weglaufen. Die
andere Hälfte sehnt sich zurück in seine Umarmung. Was
war nur in mich gefahren, dass ich ihn geküsst habe?

*

Übrigens gibt es wirklich eine Göttin der Gerechtigkeit. Die
ist ein richtig gemeines Biest. Wenn ich sie zeichnen würde, dann mit spitzen pinken Fingernägeln und Haaren aus

Stahlwolle. Jedenfalls hat diejenige, die hier die Nähte nicht ordentlich vernäht hat – ich will keine Namen nennen –, zum Ausgleich auch selbst ganz schön ihr Fett wegbekommen. Auf der Party hat irgendjemand sie nämlich ordentlich abgefüllt und jetzt gehen jede Menge Videos rum, wie sie torkelnd auf dem Tisch tanzt. Ich habe heute früh schon mindestens fünf davon geschickt bekommen.

*

Ich fühle mich immer unwohler. Um dieses Gefühl zu überspielen, lege ich die Bluse sehr sorgfältig zusammen. Es ist sicher besser, wenn ich jetzt zu dem Thema die Klappe halte.

Das eigentliche Video ist ganz kurz. Man sieht Kara, wie sie auf einen Tisch klettert – wer nicht weiß, dass sie es ist, erkennt sie wahrscheinlich überhaupt nicht, denn ihr Gesicht wird von einem Schleier weizenblonder Haare verdeckt. Dann zieht sie betont langsam ihre Bluse aus. In dem Moment, als sie das Ding komplett abstreift und die Menge zu johlen beginnt, packt Felix sie von hinten und zieht sie vom Tisch. Er, Mateo und Ole stellen sich zwischen sie und die Meute mit den Handys, und bringen sie irgendwo hinter der Bar in Sicherheit.

Bei aller klammheimlichen Freude darüber, dass Kara von ihrer eigenen Medizin kosten durfte, bin ich doch sehr froh darüber, dass Felix eingegriffen hat, bevor die Situation für sie richtig unangenehm wurde. Genauso, wie ich froh darüber bin, dass von meinem eigenen peinlichen Auftritt nur sehr dunkle und sehr verschwommene Fotos existieren, auf denen quasi nichts zu sehen ist.

*

Aber zurück zur Jeans: Bei der hier waren die Oberschenkel schon ziemlich abgewetzt. Um das zu kaschieren und ein wenig britisches Flair aufkommen zu lassen, habe ich den Union Jack – die Flagge des United Kingdom – als großflächige Applikation ausgewählt. Damit das Ganze schön haltbar wird, habe ich mir die Mühe gemacht, die Nähte der Jeans an der Seite teilweise aufzutrennen. Wie ihr sehen könnt, habe ich die Flaggenteile dann richtig in die Nähte eingenäht statt nur auf den Stoff aufgesetzt. An den Abschlüssen kurz über dem Knie und an den Taschen habe ich die Flagge bewusst beim Nähen nicht umgeschlagen, sondern die Ränder leicht ausfransen lassen und neben einer fast unsichtbaren Naht noch eine dicke Ziernaht draufgesetzt.

Wie immer bin ich gespannt, was ihr aus meiner Idee macht. In der nächsten Folge geht es dann um die passende Frisur für ein romantisches Lagerfeuer.

Bis dahin,
eure Fee

Bikini, Bewunderung und das große Nein

Das neue *Atelier* ist fertig und hochgeladen. Ich schaue auf die Uhr und stelle fest, dass es noch immer nicht Mittag ist. »Strom!«, bettelt Elaine. Ach ja. Sie nervt mich schon seit dem Aufstehen. Ich soll endlich meine Mails lesen und meine WhatsApp-Nachrichten durchsehen. Seit einer Stunde verlangt sie außerdem nach einer Steckdose. Ständig quatscht sie mir in die Videoaufnahme rein. Sogar unsere Burmillas sind weniger anstrengend.

Mir ist heute nicht nach Internet zumute. Selbst das Zeichnen gibt mir meine innere Ruhe nicht zurück. Ich will raus, in die Sonne. Elaine bekommt ihren Strom, damit sie endlich friedlich ist, dann schalte ich das Handy ganz aus und lehne mich aus dem Fenster. Was für eine wundervolle Stille. Lord und Lady streunen um den Kompost herum. Der gestrige Abend geht mir wieder und wieder durch den Kopf. Es ist so viel passiert, ich kann es noch gar nicht richtig sortieren. Normalerweise würde ich mich jetzt mit Kara treffen und einfach nur reden. Ich sollte sie auf die Sache mit der Bluse ansprechen. Wollte sie wirklich, dass ich mich blamiere? Weshalb? Aber die Kara, die ich mal kannte, scheint es nicht mehr zu geben. Die Fee, die ich vor einigen Wochen war, vielleicht auch nicht mehr.

Schluss jetzt!, ermahne ich mich selbst. Mit den Laufschuhen in der Hand checke ich noch schnell meine Mails. Was ist denn so dringend, dass Elaine mir damit den ganzen Vormittag in den Ohren liegt?

Dann vergesse ich für einen Moment das Atmen, als ich sehe, dass die Onlineredaktion mir geantwortet hat.

Ihre Bewerbung, lautet der Betreff.

Ist das gut oder schlecht?

Schlecht.

Ich überfliege den ersten Absatz: ... *Texte entsprechen nicht unseren Qualitätskriterien, deshalb können wir Ihnen leider nicht –*

Wump. Tiefschlag. Da hat das Schicksal ja richtig schön ausgeholt. Ich beiße mir auf die Unterlippe und mache den Rechner aus.

Kein Grund zur Panik. Es ist nur ein Onlinemagazin. Davon gibt es Hunderte. Ich muss mich einfach weiter bewerben. Und das werde ich auch tun.

Aber nicht jetzt.

Jetzt wische ich mir mit dem Handrücken über die feuchten Augen, eile die Treppe hinunter und ziehe mir auf der Terrasse meine Schuhe an. Meine Familie mustert mich vom noch unabgeräumten sonntäglichen Frühstückstisch aus. Nachdem Sabs mich gestern Abend nach Hause gebracht hat, haben sie sich nur vorsichtig erkundigt, ob es mir gut geht, und meine Mutter hat eine ganze Menge Ratschläge und Sorgen bei mir abgeladen. Seither lassen sie mich in Ruhe.

Tapfer lächle ich und winke. Gleich laufe ich zwischen Wiesen und Feldern und es wird mir wieder gut gehen.

Schon die ersten Schritte sind eine Erlösung für meinen Verstand. Es ist zuerst ungewohnt, ohne meine Musik und ohne Elaine zu laufen. Dann gebe ich mich ganz dem Säuseln des Windes in den Weizenhalmen hin und dem Zwitschern der Vögel in den Hecken.

Ich powere mich so richtig aus.

Als ich wieder im Garten ankomme, habe ich gerade noch die Kraft, ein paar Sit-ups zu machen, wobei mich die Burmillas als Klettergerüst benutzen. Dann bleibe ich einfach platt liegen. Eigentlich wartet die Xbox mit der nächsten Yogalektion auf mich, aber ich habe überhaupt keine Lust, mich zu Sonnengrüßen oder Helden zu verrenken. Auf Dauer brauche ich einfach eine Sportart, die mich so richtig packt. Mal sehen, ob ich nach den Sommerferien in einer Kampfsportschule vorbeischaue. So ein Sport mit viel Power und Konzentration macht den Kopf frei und könnte genau das Richtige für mich sein. Und für den nächsten nächtlichen Spaziergang durch ein Industriegebiet wäre das sicherlich auch gut.

Mit diesem Vorsatz erhebe ich mich und folge der Duftspur von Pommes und Ofengemüse in die Küche.

Erst in der Schlange vor dem Schwimmbad komme ich endlich dazu, in meine Nachrichten zu schauen.

Über die Peinlichkeit mit meiner Bluse lese ich fast nichts – zum Glück gibt es keine Fotos, auf denen man etwas erkennen kann! Wenn es um mich geht, dann sind da eher wilde Storys über meine Flucht vor diesen unangenehmen Typen unterwegs. Einige davon sind ganz schön übertrieben, aber fast immer stehe ich als Heldin da. Aber

Karas Totalausfall ist *das* Gesprächsthema. Jeder macht sich über ihr Tänzchen lustig. Nur Paul ist auf ihrer Seite. Er verkleidet seine Hilfe in ziemlich flache Scherze und spielt auch das eine oder andere Mal darauf an, dass wir uns ihm an den Hals geworfen hätten, aber er scheint sie wirklich zu verteidigen. Kara äußert sich hingegen nicht. Nur auf Facebook deutet sie an, all die Lästermäuler zum Schweigen zu bringen.

Als ich die Nachricht von Jonas sehe, stecke ich gerade mitten im Drehkreuz und bleibe vor Schreck mit der Tasche hängen. Die Tasche schafft es knapp, ohne dass der Träger reißt, aber ich haue mir einen dicken blauen Fleck ans Schienbein. Oje, vielleicht kann ich den als Kampfverletzung von gestern verkaufen.

Lass uns doch heute schon ein Eis essen gehen, schlägt Jonas vor.

Wie vom Blitz getroffen bleibe ich stehen. Eine Mutter mit zwei Kindern im Schlepptau knufft mich schmerzhaft in den Rücken. »Hier wollen noch andere durch.«

»'tschuldigung«, murmle ich.

»Feeeeee!« Charly winkt wie verrückt. Sie sitzt allein zwischen einem halben Dutzend Handtücher. Die anderen sind wohl schon im Wasser.

Schnell antworte ich Jonas: *Um vier?*

Halb fünf, kommt es prompt zurück. *Von mir aus.*

Während ich zu Charly schlendere, denke ich an Jonas und an seine Augen, die die gleiche Farbe haben wie der Frühsommerhimmel über mir. Es ist gut, dass wir uns schon heute treffen. Der Abend gestern hat mich sehr verwirrt. Ich weiß nicht mehr, was ich möchte, und was Jonas möchte, weiß ich erst recht nicht. In mir drin fühle ich mich seltsam unvollständig, aber ich kann nicht sagen, ob es Jonas ist, der mir fehlt, oder jemand anders. In wenigen Stunden werde ich es wissen.

Charly und ich umarmen uns zur Begrüßung.

»Ich finde es irre, dass du gestern die Nerven behalten hast«, sagt sie und nickt anerkennend.

Ich? Die Nerven behalten? Wie eine kopflose Idiotin bin ich mitten in eine große Dummheit hineingerannt.

»Also ich würde durchdrehen, wenn mich solche Typen belästigen würden. Dass du es da noch geschafft hast, eine Nachricht zu schicken und um Hilfe zu rufen!«

»Ich hatte solche Panik, ich wusste nicht, was ich sonst hätte machen sollen.«

Schnell schäle ich mich aus meinen Klamotten.

»Steht dir super.« Charly schiebt ihre Sonnenbrille ein wenig die Nase hinunter, um meinen neuen Bikini besser begutachten zu können. Er ist nicht besonders ausgefallen, aber sehr bequem, und ich mag das fröhliche Gelb und den Fake-Knoten, der meine Brüste größer wirken lässt. Vor allem kann ich endlich zeigen, dass ich seit einer Weile mehr Sport treibe. Jetzt fehlt nur noch *der sanfte Kuss des Sommers* – eine leichte Bräune. Als ich an Küsse denke, bekomme ich eine Gänsehaut. Endlich kann ich durch Punkt 4 meiner Liste einen dicken Strich ziehen.

Mit dem Bikini habe ich ungefähr zwölf der sechzehn Punkte abgearbeitet. Mir macht es fast ein bisschen Angst, mit welcher Geschwindigkeit ich meine Pläne durchziehe. Schade, dass ich meinen Geburtstag nicht genauso einfach um drei Monate vorverlegen kann. Andererseits stehen noch vier Punkte aus. Ich kann, nein, ich muss mir jetzt etwas mehr Zeit lassen. Sonst werde ich noch irre.

Charly legt das Magazin weg, in dem sie gelesen hat. »Gut, dass du endlich deinen Oma-Badeanzug zu Hause gelassen hast.«

Ich zucke mit den Schultern und setze mich. »Ein Schmetterling schlüpft, wenn die richtige Zeit dafür ist.«

Sie lacht. »Na, dann breite mal deine Flügel aus. Da hinten kommt ein ordentliches Gewitter auf dich zu.«

Sie schaut in Richtung Becken. Dort leuchten in trauter Zweisamkeit die nassen blonden Mähnen von Kara und Sabs um die Wette. Die zwei schwatzen heiter miteinander, bis sie mich sehen. Kara tut so, als wäre ich nicht da, Sabs bringt wenigstens ein mattes »Hey« heraus. Dann kommt sie doch zu mir rüber. Sie geht neben mir in die Hocke. Wassertropfen fallen aus ihren Haaren auf meinen Bauch. Ihre Augen glänzen feucht.

»Hörst du jetzt endlich auf, dir einzureden, dass zwischen dir und Mateo nichts läuft?«

»Zwischen uns …«

Mit einer Handbewegung schneidet sie mir das Wort ab. »Er ist dir nachgelaufen, als du raus bist.«

»Felix hat ihn bestimmt …«

»Wenn dein Bruder sich solche Sorgen um dich gemacht hätte, wäre er selbst rausgegangen.«

Ich öffne den Mund, will noch irgendwelche Widerworte geben. Aber mir fallen keine ein. Sie hat recht. Mateo kann nur deshalb im richtigen Augenblick dort gewesen sein, weil er nach mir sehen wollte. Und dann habe ich ihn vor ihren Augen geküsst.

147

Wem will ich eigentlich etwas vormachen? Ihr? Mir? Seufzend klappe ich den Mund wieder zu.

Sabs sieht mich eindringlich an. »Ich komme drüber weg, Fee.«

Ich nicke.

»Ich finde ihn nur süß, mehr Gefühle habe ich zum Glück noch nicht in die Sache investiert. Aber du, du solltest dir wirklich dringend überlegen, ob du es mit ihm ernst meinst.« Sabs Lächeln gerät etwas schief, aber ich denke, wenn ich ihr etwas Zeit lasse, wird zwischen uns wieder alles gut sein. Dann zwinkert sie und schüttelt sich.

»Ganz toll!«, kommentiere ich die Aktion. Jetzt bin ich fast so nass wie die zwei Wasserratten.

Zwei gut aussehende Typen schlendern an uns vorbei. Wie auf Kommando werfen wir vier uns in Position.

»Hey«, ruft der eine zu Kara herüber. »Komm doch auf ein Eis mit.«

Kara gähnt, als würde sie das alles nichts angehen. »Sorry, Jungs. Mein Terminkalender ist voll.« Sie lehnt auf den Ellbögen und biegt den Kopf nach hinten, als wollte sie ihren wunderschönen, schlanken Hals sonnen.

»Wer nicht will, dem entgeht was.« Die zwei recken und strecken cool ihre muskulösen Arme, während sie von dannen ziehen. Man sieht ihnen deutlich an, dass sie es nicht gewohnt sind, von einem Mädchen einen Korb zu bekommen.

Charly ist die Erste, die sich auf Kara stürzt. »Was? Ich höre wohl nicht recht. Wer? Wann? Wie viele? Und was sagt Josh dazu?«

»Josh who?«, fragt Kara. Betont langsam setzt sie sich

auf, holt aus ihrer Tasche ein Fläschchen mit Sonnenöl und sprüht sich ein. »Interessiert es euch, was ich gestern Abend zu ihm gesagt habe?«

Sogar ich hänge an ihren Lippen. Sie hat doch wohl nicht einen Traumtypen wie Josh abgeschossen?

»Als er mir unter die Bluse fassen wollte, habe ich ihm eine geknallt und gesagt: Sweety, diese Ohrfeige ist für all die Mädchen, über deren Herzen du in den letzten Jahren gestampft bist wie ein Gorilla! Und dann habe ich ihm noch eine auf die andere Wange gescheuert. Der war so verblüfft, der wusste gar nicht, was er machen soll.«

»Sauber abserviert«, kommentiert Sabs. »Aber weshalb wolltest du ihn dann überhaupt haben?«

»Jede kann ihn haben. Er hat überhaupt keinen Stil. Für ihn zählt nur, wie viele Mädchen er rumkriegen kann und ob sie einigermaßen hübsch sind. Es wurde Zeit, dass ihm einmal jemand klarmacht, dass nicht jedes Mädchen ihm sofort seine Käsefüße küsst vor Glück, dass er sie anlächelt.«

Das glaube ich jetzt nicht ganz. Und ich nehme ihr auch die Rächerin aller von Josh enttäuschten Mädchen nicht ab. Entweder hat er sie gestern befummelt und sie ist deswegen ausgetickt oder sie hatte einfach keine Lust mehr auf ihn.

Sie funkelt mich triumphierend an, als gäbe es zwischen uns einen geheimen Wettbewerb. Nur habe ich bislang noch nicht mitbekommen, was für einen. Mir wird gerade alles zu viel, ich brauche eine Abkühlung. »Kommt jemand mit ins Wasser?«

Die Frage ist eigentlich überflüssig. Deshalb wundere ich mich auch, als nicht Charly aufsteht, sondern Sabs.

Wir lassen uns ins Becken gleiten und plaudern über Belanglosigkeiten. Zwischendurch beobachten wir, wie ab und zu ein Junge auf Kara zusteuert und entweder eine Abfuhr kassiert oder einen gnädigen Eintrag im Terminkalender.

»Jetzt dreht sie echt durch.« Sabs schüttelt den Kopf.

Ich klemme mich neben sie an den Beckenrand. »So kenne ich sie gar nicht.«

»Sie hat Angst vor dir, Fee.«

»Vor mir?« Ich trete das Wasser, um nicht unterzugehen.

»Ja klar. Sie wollte dir doch helfen, dein Leben zu verändern. Aber ich glaube, sie hat nicht erwartet, dass es so gut funktioniert.«

»Ich finde gar nicht, dass Kara sich wegen irgendwas Sorgen machen muss. Schau nur, wie sie ein Date nach dem anderen ausmacht.«

»Sie wirkt dabei nicht besonders glücklich.«

»Sag mal, Sabs«, unsicher schaue ich sie zwischen zwei Strähnen hindurch an. »Hat Kara jemals erwähnt, dass sie vorhat, mich irgendwo auflaufen zu lassen?«

»Du meinst deinen Verdacht aus deinem Vlog? Mit der Bluse?«

Schaut denn jeder dieses Vlog?

Zögernd antworte ich: »Einerseits denke ich, eine Bluse kann nicht so einfach platzen, andererseits kann ich einfach nicht glauben, dass sie so etwas tun würde.«

Sabs zuckt mit den Schultern. Ihr Bikini rutscht schon wieder gefährlich zur Seite. »Irgendwie kann sie nicht damit umgehen, wie du bist. Habt ihr darüber geredet?«

»Was meinst du damit: *Wie ich bin?*«

»Na, sagen wir, du hast dich in den letzten Wochen ganz schön verändert, zum Guten! Aber du bist noch immer du, Fee, und du gehörst noch immer zu uns. Kara kann stattdessen machen, was sie will. Die anderen sehen in ihr immer das überperfekte, von den Jungs begehrte Mädchen mit den reichen Eltern und den guten Noten.«

»Aber ich will doch gar nicht sein wie sie. Also, vielleicht wollte ich das mal. Viel lieber finde ich meinen eigenen Weg.«

»Du, genau das ist es doch, was dich zu jemand ganz Besonderem macht.«

Weil ich nicht weiß, was ich noch sagen soll, spritze ich Wasser in ihre Richtung. Wir kichern und albern einfach eine Weile herum. Auf diese Art müssen wir beide zumindest nicht über unsere Probleme nachdenken oder über die Welt außerhalb des Schwimmbads.

Plötzlich kreischt Sabs auf. Sie taucht unter, kommt wieder hoch. Ihr linker Arm bedeckt ihre Brüste, mit der rechten Hand hält sie sich am Beckenrand fest. Ich ahne, was passiert ist. Unwillkürlich greife ich nach dem Verschluss meines eigenen Bikinioberteils. Puh! Alles noch dort, wo es hingehört.

Natürlich tauche ich sofort. Chlor brennt in meinen Augen. Mir schießt durch den Kopf, dass ich auf diese Art vor einer Weile meine Haarfarbe loswerden wollte. Mittlerweile habe ich mich daran gewöhnt.

Ein Stück weit weg sehe ich eine Bewegung auf dem Beckenboden. Kurz tauche ich auf, zeige der panischen Sabs den Daumen hoch, hole tief Luft und gehe wieder runter. Ich muss durch das halbe Becken tauchen, um den Fetzen Stoff einzufangen. Prustend und keuchend komme ich wieder an die Oberfläche und wedle mit meiner Beute. Das hätte ich jedoch lieber lassen sollen, denn langsam bekommen wir Publikum: Eine Clique aus der Parallelklasse lungert ganz in der Nähe auf einer Bank herum. Die Jungs beginnen jetzt ein gellendes Pfeifkonzert.

»Ist es noch heil?«, wimmert Sabs.

»Öh. Keine Ahnung.« Ich reiche ihr das tropfnasse champagnerfarbene Nichts.

Sie streift es sich über und hält es dann hinter dem Rücken zusammen. »Der Verschluss ist kaputt«, flüstert sie mir zu. »Kannst du das irgendwie festhalten, während ich rausklettere?«

Ganz kindisch strecke ich den Lästermäulern am Beckenrand die Zunge heraus. *Schlechte Idee.* Zwei Handys sind auf uns gerichtet. Die Linsen warten nur darauf, etwas Peinliches aufzunehmen.

Im Gänsemarsch arbeiten wir uns am Beckenrand entlang bis zu der Stelle, an der eine Metalltreppe ins Wasser führt. Hier kommt Sabs auch mit nur einer Hand hoch. Aber jetzt hat sie aller Mut verlassen. Deshalb bitte ich sie zu warten, bis ich einmal zu unsern Sachen und zurück geflitzt bin. Blitzschnell hülle ich sie dann in ein Handtuch und sie verschwindet in den Kabinen.

Wie schon gestern Abend, begleitet Sabs mich nach Hause. Mittlerweile hat sie sich wieder gefangen und setzt ihre ganze Energie daran, mir das Date mit Jonas auszureden. Aber ich bleibe stur. Mir ist unverständlich, weshalb sie mich unbedingt mit Mateo verkuppeln möchte, wo sie doch gerade erst selbst hinter ihm her war. Sie versteht nicht, warum es mir so wichtig ist, mich mit Jonas zu treffen.

Ich muss einfach Klarheit über meine Gefühle haben. Ich muss wissen, ob ich mich in diesen Sommeraugen verlieren kann, ob er wirklich eine Schulter zum Anlehnen ist. Und das kann ich nicht herausfinden, wenn ich ihn immer nur in der Schule sehe oder auf einer Party, umringt von seinen Freunden. Man macht eine Menge dummes Zeug, wenn andere einem zusehen. Nein, ich will den echten Jonas kennenlernen.

Als Sabs einsieht, dass sie es mir ja doch nicht ausreden kann, kommt sie noch mit rein und hilft mir beim Styling. Meine Familie ist ausgeflogen und wir haben das Haus für uns allein. Gemeinsam machen wir mir eine mädchenhafte, aber nicht zu niedliche Flechtfrisur.

»Das hätten wir.«

Es ist seltsam, Sabs im Spiegel zu sehen. Sonst steht dort eigentlich immer Kara. Als sie fertig ist, klatscht sie in die Hände, hüpft auf und ab und ruft Sachen wie: »Honey, du siehst großartig aus!«, oder: »Honey, mit deinem Lächeln eroberst du die Welt!«

Hach, ich vermisse meine verrückte, zickige, lebensfrohe Kara so sehr. Ob sie jemals wieder wie früher sein wird?

»Sehe ich zu süß aus?«

»Zum Anbeißen.«

»Was mache ich, wenn er mich küssen will?«

Sabs stöhnt auf und klapst sich mit der flachen Hand an die Stirn. »Ist ein bisschen spät, dir um solche Sachen Gedanken zu machen.«

»Ich bin so unsicher.«

»Dann geh nicht hin. Sag dem Kerl ab.«

»Dann werde ich mich ewig fragen, ob ich die Chance

meines Lebens verpasst habe.« Meine Hände fühlen sich schwitzig an und meine Kopfhaut prickelt.

Bevor Sabs weiterreden kann, mischt sich auch noch Elaine ein. »Er passt nicht zu dir. Schnapp dir endlich den wahren Traumprinzen, bevor er dir von der Angel springt.«

»Stimmt. Jonas ist eine Windnummer, genau wie Josh.«

»Ihr zwei wisst ja alles besser.«

»Darauf hast du mich programmiert.« Elaine schlägt die Beine übereinander und nestelt an ihren Haaren herum.

»Und ich bin deine Freundin, ich beschütze dich vor Dummheiten.«

»Woher willst du wissen, was für mich gut ist? Oder ob Jonas etwas taugt?«

»Fee, glaub mir, ich kenne solche Typen. Ich war oft genug so blöd, auf sie reinzufallen.«

Mit dem Zeigefinger kratze ich mich vorsichtig unter der Frisur. »Langsam verstehe ich meine eigenen Gedanken nicht mehr, weißt du? In letzter Zeit verändert sich alles so schnell.«

Elaine macht mich nach und kratzt sich wie ein Äffchen unter den Achseln. Ich drehe sie um.

Sabs haut mir auf die Finger. »Das ist noch lange kein Grund, sich so einem Idioten an den Hals zu werfen oder sich die Frisur zu ruinieren.«

Mit einem Ruck stehe ich auf. »Ich gehe jetzt.«

»Hör auf dein Herz.«

Ich bin ziemlich gereizt, denn in mir ist schon längst eine Tür zugeschlagen, ihre Argumente kommen gar nicht mehr bei mir an – und meine eigenen auch nicht. Ich merke deutlich, dass aus mir nur der pure Trotz spricht. Aber –

verflixt! – ich muss doch selbst für mich herausfinden, was ich fühle. Das kann mir niemand von außen diktieren.

Mit Mühe unterdrücke ich die Tränen. Ich hole tief Luft und schaue Sabs in die Augen. »Kennst du das, wenn die Eltern einem sagen, man solle etwas lieber nicht tun?«

Sabs nickt bedächtig und ihr Gesichtsausdruck weicher. »Ich klinge wahrscheinlich wie deine Mutter, wenn ich sage, dass ich mir einfach nur Sorgen mache.«

Kumpelhaft lege ich ihr die Hand auf den Arm. Reden kann ich jetzt nicht mehr, sonst heule ich los. Sie schweigt ebenfalls, weil sie endlich verstanden hat, wie ich mich fühle. Erst als ich mein Fahrrad aus dem Schuppen hole, kapiere ich, dass sie mich nur gehen lässt, weil sie mir vertraut, das Richtige zu tun. Gut. Dann muss ich mir das auch selbst zutrauen.

Ich bin spät dran und trete ordentlich in die Pedale. Was würde ich nur dafür geben, wenn mir Kara wieder so vertrauen könnte, und ich ihr?

Hundekacke scheint an diesem Wochenende mein Begleiter zu sein. Trotz meines halsbrecherischen Tempos habe ich es geschafft, niemanden umzufahren, aber als ich schließlich um die Ecke vor der Eisdiele biege, mache ich genau in einem Hundehaufen halt.

Soll ich das jetzt als Omen betrachten?, fluche ich in Richtung Schicksal. Aber das Schicksal hört nicht zu und ich starre nur in den wolkenlos blauen Himmel. Wenigstens stinkt nur mein Fahrradreifen und die Schuhe sind sauber. Von den Tischen vor dem Eiscafé sehe ich schon die ersten Blicke zu mir herüberschweifen. Einige Leute amüsieren sich, manche schauen mitleidig. Deshalb streife ich nur kurz den Reifen an einem Grasbüschel ab und mache das Fahrrad fest.

Trotzdem habe ich das Gefühl, der Geruch nach Hundekacke umgibt mich vollkommen. Oder ist das mein schlechtes Gewissen? Tatsächlich spüre ich ein leichtes Grummeln im Magen. Es wäre vielleicht besser gewesen, erst mit Mateo zu reden. Jetzt ist es zu spät. Jonas hat mich schon entdeckt. Er steht von seinem Stuhl auf und lächelt mir entgegen. Offensichtlich hat er sich für mich in Schale geworfen: Ein kurzärmliges Hemd und eine Dreiviertelhose. Sein blondes Haar hat er in wuschelige Strähnen geknetet, seine Augen strahlen mit dem blauen Himmel um die Wette. Zur Begrüßung umarmt er mich kurz, aber sanft. Alles ist so, wie es sein sollte. So, wie ich es mir die ganze Zeit über ausgemalt habe. Er hat einen der schönsten Tische für uns ergattert: Eine hohe Linde spendet Schatten und ihr Stamm schützt uns vor neugierigen Blicken. Während wir uns setzen, schaltet er das Handy aus.

»Was möchtest du? Einen Eisbecher?«

Vorsichtig nehme ich die Karte in die Hand, lese aber kaum. Stattdessen spähe ich über den Rand und genieße den Blick in Jonas' Kornblumenaugen. Meine Zweifel schmelzen dahin.

»Milchshake mit Himbeereis«, sage ich schließlich, als mir wieder einfällt, dass ich ihm noch nicht geantwortet habe.

Lässig bestellt er für mich den Milchshake und für sich selbst einen Eiskaffee.

»Was machst du so als Hobby? Also, ich bin ja immer

viel unterwegs. Abhängen mit meinen Kumpels, Fußball, Kraftsport. Na, was man halt so macht.«

»Hm, hm«, mache ich.

Ist doch jetzt völlig uninteressant, welche Hobbys wir haben. Deshalb versuche ich, wieder romantischen Blickkontakt zu seinen Sommerhimmelaugen aufzunehmen.

Er strahlt zurück. »Was treibst du so, Fee?«

Gerade sitze ich mit meinem Traumprinzen im Eiscafé. Also, dachte ich jedenfalls.

Ich lächle verführerisch. Okay, ich versuche, verführerisch zu lächeln.

»Na ja, momentan genieße ich unser Date.«

»Ja klar, ich auch.« Er grinst und lehnt sich zurück. »Ich habe gehört, du machst deine Klamotten selbst.«

Ich weiß nicht so recht, wohin mit meinen Fingern und zerrupfe meine Serviette. »Meistens hübsche ich alte Sachen auf oder mache Accessoires. Die Tasche hier, die ist von mir. Der Stoff ist gehäkelt.«

»Oh. Ist Häkeln nicht was für Omas?«

»Nahein«, sage ich gedehnt und schaue ihn gespielt böse an.

»Bitte, friss mich nicht!« Er hebt die Arme und wedelt mit den Händen.

Jungs! Irgendwo haben sie alle einen Paul-Virus in sich. Kaum zu glauben, dass Jonas bald volljährig ist.

»In der Grundschule hab ich das Häkeln gehasst. Weshalb müssen Jungs häkeln können? Fürs Häkeln gibt's keine Pokale.«

»Hm«, mache ich. Er schaut mich an, als sollte ich ihn jetzt fragen, welche Pokale bei ihm im Zimmer stehen. Das interessiert mich aber nicht die Bohne. In meiner Tasche vibriert es. Automatisch greift meine Hand in Richtung Handy, dann ziehe ich sie zurück.

Er lehnt sich vor und sieht mich neugierig an. »Jetzt sag nicht, du stehst auf Jungs, die stricken, häkeln und ihren Namen tanzen können?«

Ein Bild drängt sich mir auf: Ich bin zum ersten Mal allein mit Jonas in meinem Zimmer, und statt mich zu küssen, zeigt er mir einen selbst gestrickten Pullover und wir unterhalten uns über Häkeltechniken. Brrrr.

»Nicht wirklich«, antworte ich schnell. »Ich fände es ganz charmant, wenn ein Junge stricken kann, aber er darf natürlich auch andere Sachen mögen. Ich will ja nicht neben einem Jungen sitzen und gemeinsam handarbeiten.«

»Sondern was tun?« fragt er mit einem Schurkenlächeln. Mit seinem Zeigefinger fährt er über meine Hände. Bei mir breitet sich eine Gänsehaut aus.

»Schlag etwas vor« ist sicherlich nicht die schlaueste Antwort. Ich kombiniere sie schnell mit einem Augenaufschlag und lehne mich in seine Richtung.

Unsere Gesichter sind sich so nah, dass Jonas sich nur noch ein klein wenig nach vorn lehnen muss, um mich zu küssen. Unsere Blicke halten einander fest. Er hat ganz helle Wimpern. Von Nahem wirken seine Augen noch tiefer und noch blauer. Wie zwei Seen, in denen man ertrinken könnte.

Ganz vorsichtig schnuppere ich. Kein Rauch, kein Bier, kein Zuviel an Aftershave.

Ein leichter Hauch Hundekacke. Iiiehh!

Wahrscheinlich riecht er das nicht. Jungs sind doch angeblich viel unsensibler als Mädchen. Jetzt denkt er, ich kann mich nicht entscheiden. Starre ihn ewig an, aber zeige ihm nicht, dass er mich küssen soll.

Aber selbst wenn ich das wollte, wie gebe ich denn dieses geheime Signal? Zum Glück kommt in diesem Augenblick unsere Bestellung und verschafft mir eine kleine Verschnaufpause, in der ich mir die nächsten Schritte überlegen kann. Ich wollte ja nicht mehr so schüchtern sein. Und ich will unbedingt wissen, ob ich hier eigentlich das Richtige tue oder ob ich mich gerade in den größten Fettnapf aller Zeiten setze.

»Du hast hoffentlich kein Problem damit, dass ich Bayern-Fan bin?«

Wovon redet er? Bayern? Mein Hirn ist noch bei unserem Beinahe-Kuss stecken geblieben. Oh Mann, das ist mir so was von egal. Schau mich noch einmal so an wie gerade eben.

Aber Jonas denkt gar nicht daran, romantisch zu sein.

»Die ganzen Bayern-Hasser verstehen einfach nicht, wie mühsam dieser Erfolg erarbeitet ist. Deshalb bin ich da etwas empfindlich. Du weißt ja, ich habe selbst ziemlich erfolgreich gespielt.«

Wusste ich nicht und interessiert mich auch nicht.

»Mein Trainer meinte, ich könnte es locker zum Profi schaffen. Aber dann hat mich einer umgetreten, vor drei Jahren. Kreuzbandriss. Da hab ich mir gedacht, ich ruiniere mir lieber nicht die Gesundheit, sondern studiere etwas Ordentliches. BWL oder irgendwas anderes, mit dem man richtig Kohle machen kann. Was hast du nach der Schule vor? Bist du der Karrieretyp oder willst du dein soziales Gewissen beruhigen?«

Ist das ein Date oder ein Verkaufsgespräch? Jonas benimmt sich, als würde er auf einer Liste abhaken, welche Punkte wir schon besprochen haben und bei welchen Punkten er erst sicher sein muss, ob ich seine Traumfrau bin. Jetzt kommt sein Gesicht mir endlich wieder näher.

Wie sollen wir bloß weitermachen? Soll ich ihn küssen? Doch da ist die Gelegenheit schon wieder vorbei, er schaut nicht mehr zu mir, sondern auf sein Handy.

Na, meine Flirtkünste scheinen ihn nicht besonders zu beeindrucken.

Plötzlich ist sie wieder da, die Leere in mir. Und Jonas fühlt sich mit jedem Satz, den er sagt, weniger wie derjenige an, der diese Leere füllen kann. Ehrlich gesagt fühlt sich alles in seiner Nähe richtig leer und farblos an. Ich muss das hier beenden. Sofort.

»Sag mal ehrlich, Fee«, unvermittelt lehnt Jonas sich über den Tisch und legt seine Hand an meine Wange. »Hast du schon viele Jungs geküsst?«

Das kommt so plötzlich, dass ich ihn nur verwirrt ansehe.

Jonas versteht das wohl als Einladung. Er rückt näher. Seine Hand ruht weiter auf meiner Wange, die andere kriecht auf meine Hüfte. Seine Lippen kommen mir ganz nah. Ich bin kurz davor, ein weiteres Mal in seinen Augen zu ertrinken, da funktioniert endlich mein Verstand wieder. Meine Hand berührt seine Brust. Ich drücke ihn von mir weg.

»Sorry«, murmle ich. Selbstbewusst klingt das nicht gerade, aber die Worte kommen mir auch so schon schwer genug über die Lippen. »Das hier fühlt sich irgendwie falsch an.«

»Ach, Fee, sei doch nicht so zickig. Ist doch nur ein Kuss.«

Mir bleibt die Luft weg. Seit wir hier sitzen, redet er alles klein, was ich sage – wenn er mich überhaupt zu Wort kommen lässt. Was für ein Schaf bin ich eigentlich, dass ich nicht schon viel früher gemerkt habe, was für ein Idiot Jonas ist? Kein Kuss dieser Welt verwandelt diesen aufgeblasenen Frosch in einen Traumprinzen.

Ich springe auf und schüttle heftig den Kopf. Auf Wiedersehen, Jonas Glupschauge!

»Das nennt man dann wohl Pech, wenn ich dir zu zickig bin.« Ich lege ein paar Münzen auf den Tisch.

»Fee.« Er setzt einen Blick auf, den ich nur zu gut von den Burmillas kenne, wenn sie etwas angestellt haben. Das funktioniert vielleicht, wenn Brad Pitt im Kino seine Angebetete um Verzeihung bittet, aber nicht bei mir.

»Lass gut sein, Jonas. Bis nie wieder!«

Ich winke mit den Fingerspitzen und mache einen Abgang. Er hält mich nicht auf. Das war's dann wohl mit mir und dem zweitheißesten Jungen der Schule.

»Zufrieden, Elaine?«

Elaine sitzt im süßen geblümten Sommerkleid auf einer Mauer und genießt die Sonne. »Ich hab dir doch gesagt, dass du richtig Mumm hast, wenn du nur willst.«

»Du weißt ja immer alles besser!«

»Ich wiederhole mich ungern, aber: Ja.«

Während ich mein Fahrrad vorsichtig aus dem Ständer ziehe, um kein zweites Mal in den Hundehaufen zu fahren, lasse ich mir von Elaine meine Nachrichten vorlesen.

»Kara hat geschrieben und gleich danach Felix, den Kara gebeten hat, dir zu schreiben, weil sie glaubt, du würdest ihre Nachricht ignorieren.«

»Was schreiben die beiden denn?«

»*Jonas ist eine Luftnummer, ein Trophäensammler. Der will bloß so viele Mädchen wie möglich abschleppen.*«

Das habe ich eigentlich von Anfang an gewusst. Spätestens als er nur über sich geredet hat, hätte ich mich verziehen sollen.

Lachend schüttle ich den Kopf. Diesmal über mich selbst. Dass ich auf den Typen reingefallen bin! Na ja, die Erfahrung hake ich am besten schnell ab und konzentriere mich wieder auf die wirklich wichtigen Leute in meinem Leben.

Gerade als ich auf mein Rad steige, liest Elaine mir die nächste Nachricht vor und ich rutsche vor Schreck vom Pedal. Volle Kanne lande ich in einer Dornenhecke. Ein fieser Kratzer brennt auf meinem Arm, aber ich schaue zuerst auf mein Handy, weil ich nicht glauben kann, was Elaine da sagt. Aber jetzt sehe ich es mit eigenen Augen: Mateo hat mich auf Facebook und WhatsApp blockiert. Er hat mich aus seinem Leben ausgeschlossen.

Neues aus Fees fabelhaftem Atelier:

Liebe Kreative!

In der letzten Folge habe ich euch gezeigt, wie man seine Jeans sommer~~frisch macht, und in der vorletzten haben~~ wir eine Sommertasche genäht. Was jetzt noch fehlt, ist eine geeignete Frisur, die sowohl im Schwimmbad als auch bei der Fete am Lagerfeuer etwas hermacht.

*

Mit Schwung ziehe ich das Haargummi aus dem Pferdeschwanz und werfe die Haare hoch wie bei einer Shampoo-
werbung. In mir drin fühle ich mich lange nicht so leicht
und unbeschwert. Aber das ändert sich hoffentlich, wenn
ich mich in die Arbeit stürze.

*

Für diese Frisur solltet ihr wissen, wie ein Französischer
Zopf geht, und diesen am besten schon einigermaßen
beherrschen. Dann kann's losgehen: Ihr trennt mit dem
Kamm erst mal ein paar Strähnen über dem Ohr ab. Dann
fangt ihr an der Schläfe an zu flechten und arbeitet euch bis
zum Hinterkopf vor.

*

Dreimal verliere ich beim Flechten eine Strähne und muss
neu beginnen. Einmal sieht man die lange Schramme auf
dem Unterarm, die ich mir letzte Woche beim Sturz vom
Fahrrad zugezogen habe. Das bedeutet, ich muss die Aufnahme viermal neu starten und wiederholen. Viermal so
tun, als sei ich bester Laune und glücklich. Zähne zusam-
menbeißen, Fee!

*

Weshalb brezeln wir uns eigentlich so für Partys auf? Die
meisten von uns ziehen sich bei solchen Gelegenheiten ja
nicht so an, wie es ihnen selbst gefällt, sondern versuchen,
allen anderen zu gefallen. Wisst ihr, was ich meine? Man
könnte alles Mögliche ausprobieren, ein tolles, aufregendes
Kleid anziehen oder eine total verrückte Kombi, irgendei-

nen Stil, der genau ausdrückt, wie man sich gerade fühlt – egal ob der seit zwei Jahren out ist oder nicht. Aber wahrscheinlich zerreißen sich dann die anderen Mädchen das Maul und die tollen Jungs finden einen zu niedlich, zu düster, zu dramatisch oder einfach komisch. Es leuchtet also ein, weshalb man sich lieber ein wenig verstellt.

Aber jetzt denken wir mal einen Schritt weiter: Wenn man jemandem zum ersten Mal begegnet, entscheidet meist der erste Blick darüber, ob man ihn näher kennenlernen möchte oder nicht. Und wenn man jemanden im Kopf einmal in die Uninteressant-Liste verfrachtet hat, sieht man ihn für immer durch diese Brille.

Wir spielen also brav auf der Party unsere Rolle und interessieren uns für irgendjemanden, der dem typischen Ideal entspricht – Augen wie Sommerhimmel, Haar wie wuscheliger Weizen, Grübchen ... was ein Traumprinz eben so braucht. Und er interessiert sich auch für uns, weil wir gerade genauso süß aussehen wie Emma Watson.

Wenn wir gut spielen, spielen wir das Spiel weiter. Und ehe wir uns versehen, sitzen wir mit so einer richtig blöden Knalltüte mitten in einem Date. Aber dass er eine Knalltüte ist, merken wir ja gar nicht, weil wir uns vorher lange genug eingeredet haben, das wäre genau das, was wir wollen.

Wenn wir aber Glück haben, sind wir beide schlechte Schauspieler und merken rechtzeitig, dass nur unsere Rollen zueinander passen, nicht aber die echten Menschen dahinter. Und das ist der Moment, in dem wir die Beine in die Hand nehmen und laufen sollten, weil uns sonst niemand jemals mehr aus dem Netz aus Lügen und Selbsttäuschung retten kann, das sich immer fester zuzieht.

*

Mit einer Haarnadel fixiere ich die Frisur im Nacken. Dann lasse ich die Hände sinken und starre in die Kamera. Mir ist klar, dass ich dieses Video unmöglich hochladen kann. Was ich hier mache, ist ein persönliches Tagebuch, die Frisur dient mir nur als Alibi, um meine eigenen Probleme zu verarbeiten. Jeder Satz, den ich sage, tut mir gut.

*

Vergesst die Frisur. Um ehrlich zu sein: Ohne Hilfe gelingt sie nur halb so gut. Vor allem aber macht es nicht einmal halb so viel Spaß, sich allein partyfein zu machen. Kann man ohne seine beste Freundin wirklich aus vollem Herzen lachen? Heulen? Leben?

Wisst ihr, was ich jetzt mache? Ich schalte die Kamera aus und gehe auf die Suche nach Kara. Wir sind beste Freundinnen. Über Probleme zu sprechen, sollte uns stärker machen.

Eure Felizitas, die jetzt da rausgeht und *wirklich* glücklich wird.

Ich bin völlig erschöpft und den Tränen nah, als ich die Kamera ausknipse und mich im Stuhl hängen lasse wie ein nasser Mehlsack. Dann schlappe ich zu meinem Bett, hole Mateos Shirt unter meinem Kopfkissen hervor und streife es über. Ein klein wenig fühlt es sich wie die Umarmung an, die ich jetzt dringend brauche. Er fehlt mir schrecklich. Ich werde all meinen Mut zusammenkratzen und mit ihm reden. So geht es einfach nicht weiter. Die letzte Schulwoche vor den Ferien war die reinste Hölle für mich. Montag

und Dienstag lag ich mit meinen ramponierten Gliedma-
ßen zu Hause und habe mich so tief in meinem Selbstmitleid gesuhlt, dass ich mir wünschte, wieder zur Schule zu
dürfen. Aber Mittwoch in der Schule wurde es dann noch
schlimmer, denn an Ablenkung war dort nicht zu denken.
Kara und ich redeten kein einziges Wort miteinander. Aber
richtig unerträglich war, dass auch Mateo mir aus dem Weg
ging. Er wechselte sogar die Straßenseite, als er mich vom
Bäcker zurück zum Schulhof kommen sah.

Diese ganze Situation ist total schrecklich. Dass ich auch
noch selbst daran schuld bin, macht mich fertig. Wie eine
Irre bin ich meiner Liste hinterhergerannt, ohne nach links
oder rechts zu schauen. Mein Selbstfindungstripp hat meine Freundinnen so überrollt, dass sie gar nicht mehr wuss-
ten, wie sie mit mir umgehen sollten. Und statt mir die
vollen sechzehn Wochen Zeit zu nehmen, musste ich unbedingt alles im Eiltempo durchhecheln. Alle Punkte der Liste
sind jetzt abgehakt. Trotzdem fühle ich mich nicht besser,
sondern irgendwie leer.

Ich schaue mich im Zimmer um und mein Blick fällt auf
die Joggingschuhe. Die Verlockung ist groß, eine Runde
rennen zu gehen. Aber das würde bedeuten, dass ich meine eben gefassten Vorsätze schon wieder aufschiebe. Sport
kann zwar glücklich machen, aber man kann ihn auch gut
als Ausrede und Versteck vor der Welt benutzen.

»Elaine?«

»Ich bin immer für dich da, Fee.«

Da steht sie, mit dem Tropenhelm auf dem Kopf, am Leib
nur eine viel zu knappe Hot Pants und eine sehr großzügig
ausgeschnittene Bluse.

»Sei mir nicht böse, aber ich brauche jetzt einen Spür-
hund.«

Sie nickt. »Ich liebe Herausforderungen!«

»Such Kara.«

»Mach ich. Und du liest endlich die ganze Mail zu deiner
Bewerbung.«

Die Dschungelkönigin tanzt mit dem Feuer

Nachdem ich die Mail dreimal gelesen habe, beschließe ich, sie mir auszudrucken. Ich will den Inhalt in der Hand halten können, damit er mir nicht mehr entkommt.

Sie wollen mich!! Nicht als Texterin oder für einen Podcast, das stellen sie bereits in den ersten Zeilen klar. Höflich loben sie meine Kreativität und meine Natürlichkeit, weisen aber sehr deutlich darauf hin, dass meine Texte und meine Art der Präsentation nicht ihrem Standard entsprechen. Dafür geben sie mir Tipps zur Fortbildung.

Okay. So weit, so schlecht. Was dann kommt, ist aber der Hammer: Sie sind völlig hin und weg von meinen Illustrationen! Die hatte ich eigentlich nur beigefügt, um die Artikel optisch aufzulockern. Und jetzt sind es diese schnellen Kritzeleien, von denen die Redaktion begeistert ist. Ich kann es noch gar nicht glauben. In den nächsten Wochen soll ich mich ein paarmal mit deren Mediengestalterin im Videochat treffen, um Tipps und Tricks auszutauschen, und dann geht es los: Sobald ich sechzehn bin – und das ist ja in genau zehn Wochen –, kann ich mir mit dem Zeichnen etwas dazuverdienen.

Mein Mund steht noch immer offen, ich schnappe nach Luft wie ein Fisch auf dem Trockenen.

Dann klicke ich auf *Drucken* und hetze in Felix' Zimmer.

»Mach den Drucker an, mach den Drucker an, mach endlich den verflixten Drucker an!«, kreische ich und springe wie ein Flummi auf und ab.

Blitzschnell drückt Felix das Knöpfchen.

Gut so! Braver Felix. Aaaahh, ich platze gleich. Eine völlig verschreckte weiße Felldecke flitzt an mir vorbei und flüchtet aus dem Zimmer in den sicheren Flur.

»Warum dauert das so lange?« Ich rüttle lieber an meinem Bruder, weil es dem Drucker nicht so guttun würde.

»Heieiei«, sagt der nur und schaut mich an, als wäre ich ein Huhn, das nach einem langen Winter zum ersten Mal aus dem Stall darf.

»Feeeelix!«

»Erzähl mir nie wieder, Nerds wären seltsam.« Er schnippt sich eine Erdnuss in den Mund und liest ohne zu fragen meine ausgedruckte Mail. Aber da ich ohnehin vor Freude platzen würde, wenn ich es nicht gleich jemandem erzählen könnte, stehe ich nur neben ihm und wippe auf und ab.

»Hey, ich gratuliere! Falls du dann noch Freizeit hast: Ich und die Jungs wollten dich gern für unser nächstes Spiel einspannen.«

Ich grinse. »In den letzten Minuten ist mein Grafiker-Honorar um einiges gestiegen.« Ich habe ihm ab und zu Figuren für seine Games entworfen.

»Tja. Dann lass mich mal rechnen, wie teuer die Nachhilfe der letzten Jahre war. Sagen wir, acht Euro die Stunde? Au weia, ich glaube, du wirst eine ganze Weile brauchen, bis du das bei mir abgearbeitet hast. Kommst du nachher mit ans Lagerfeuer? Die Jungs und ich machen es uns mit noch ein paar andern Freunden am See gemütlich.«

»Bei Ole?« Ich erinnere mich, dass seine Eltern, die auch eine Reihe Anglerteiche besitzen, einen privaten Strandabschnitt am Baggersee haben.

Felix nickt. »Wird keine richtige Party. Wir hängen einfach ein bisschen gemütlich ab. Viel Nerd-Blabla, Gitarrenmusik und so. Oles ältere Schwester hat sich nämlich gerade einen gut bezahlten Job geangelt und gestern eine große Party gegeben. Wir dürfen jetzt die Reste auf den Grill schmeißen.«

»Klingt prima. Ich mache mich jetzt mal auf zu Kara.« Ich wende mich zum Gehen.

»Viel Erfolg ...«, sagt Felix und hält inne.

»Und?«

»Bedeutet er dir was?«

Wir wissen beide, dass er nicht von Jonas spricht. Ich muss blinzeln, weil mein Blick plötzlich sehr verschwommen wird.

»Das bekommt ihr wieder hin, Fee. Keine Sorge.« Er hält mir die Faust hin und ich stupse meine dagegen.

Ihr bekommt das wieder hin. Hoffentlich bekomme ich eine zweite, nein, eine dritte Chance auf ein Ihr.

»Kara befindet sich im Kletterwald. Der Bus dorthin fährt in sieben Minuten und zwölf Sekunden. Elf ... zehn ...«

Eigentlich wollte ich raus aus den Schlabberklamotten und mir etwas Vernünftiges anziehen, aber das wird zu knapp. Schnell streife ich mir die Schuhe über und schnappe meine Tasche. »Was macht sie denn im Kletterwald?«

»Klettern?« Elaine hebt elegant ihre orangerote Augenbraue. Dann zieht sie ein Facebook-Fenster ins Bild und
zeigt mit dem Finger auf Karas Timeline.

*Seid um drei im Kletterwald. Dann werdet ihr sehen, wie eine
echte Lady Tarzan zähmt! Kisses,* schreibt Kara.

Darunter hat sie ein Bild gepostet, auf dem ein sehr
muskulöser Tarzan an einer Liane hängt. An seine Brust
schmiegt sich eine wunderschöne, sparsam bekleidete Frau.

Na dann: Auf geht es zur Kara-Show. Sie wird nicht zu
übersehen sein.

Der Bus ist wieder mal spät dran und die Fahrerin nimmt
die engen, steilen Kurven in todesverachtendem Tempo.
Selbst die Rotte übercooler Zwölfjähriger auf dem Vierer-
platz neben mir hat aufgehört, den ganzen Bus mit Musik
und Sprüchen zu unterhalten, und klammert sich fest. An
den Haltestellen steigt die Rennfahrerin jedes Mal voll in
die Eisen und öffnet die Türen, noch ehe der Bus richtig
steht. Deshalb hieve ich mich schon vor der letzten Kurve
hoch und schiebe mich zum Ausgang. Nach einem gewagten Bremsmanöver plumpse ich sehr unelegant aus dem
Bus, aber immerhin habe ich die Teufelsfahrt überlebt.

Zehn Minuten vor drei.

Gerade sammle ich mich zum Endspurt, da sehe ich den
gutaussehenden Studenten, der hier die hilflosen Kletterer
abseilt, in den Bus einsteigen. Eine zierliche Schwarzhaa-
rige hat sich bei ihm untergehakt. Ist die Show etwa schon
vorbei?

Fünf Minuten brauche ich, um den Hügel hochzuhe-
cheln, und bleibe dann schwer atmend am Eingang stehen.
Karas Cousin und ein anderer Mann stehen neben der Kas-

se und schauen kopfschüttelnd in den Wald. Dort wuseln eine ganze Menge Teenager herum.

»Was haben die vor?« Die Frage schwirrt durch den Raum und ich brauche einen Moment, bevor ich verstehe, was hier gerade passiert.

Ich muss Kara retten, bevor es peinlich wird!

»Torben!«, brülle ich.

Karas Cousin rührt sich nicht.

»Thorsten!«, versuche ich es weiter.

»Torve«, sagt er endlich und dreht sich um.

»Wer ist heute zuständig, wenn jemand abgeseilt werden muss?«

»Was?«

Ich halte ihm mein Handy mit Karas Ankündigung unter die Nase. »Kara will sich von diesem süßen Weißhelm abseilen lassen und alle sollen ihr dabei zusehen.«

»Schwachsinnige Idee.«

»Jedenfalls ist der Typ gerade nach Hause gefahren. Habt ihr noch so einen von der Sorte?«

»Nee, das mache dann ich.«

Ich zögere. Auf die Schnelle fällt mir nicht ein, wie ich nett verpacken kann, dass er wie ein Waldschrat aussieht mit seinem struppigen Bart und den schlappigen Klamotten.

»Wir brauchen irgendeinen gut aussehenden Tarzan!«

Er zuckt die Achseln. »Gib mir ein Jahr Zeit zum Trainieren und einen Rasierapparat.«

»Verflixt! Willst du, dass deine Cousine sich bis auf die Knochen blamiert?«

Torve nimmt einen Gurt vom Haken. »Ich klettere ihr nach und hol sie runter.«

»Bitte lass mich hoch. Ich muss ihr sagen, dass sie auf keinen Fall nach den Weißhelmen rufen darf!«, bettle ich.

»Aber du müsstest erst durch den Übungsparcours ...«

»In zwei Minuten wird deine Cousine das Gespött der ganzen Schule sein!«

Endlich kapiert er, worum es hier geht. Er wirft mir einen zweiten Gurt und einen roten Helm zu.

»Du kletterst den Parcours in der richtigen Richtung durch. Aber ich halte mich bereit, und wenn sie nach Hilfe ruft, hole ich sie runter.«

Kara ist in die *Rocky Mountains* geklettert. Natürlich! Im Eilschritt stürme ich die Treppe hoch und hake mich am Eingang des Parcours ein. Niemand ist vor mir. Wahrscheinlich stehen fast alle Besucher unten im Pulk und fragen sich, was heute los ist.

Zügig bewältige ich die wackeligen Äste, die hier zum Start hängen. Einmal rutsche ich ab und muss mich an den Armen hochziehen. Der nächste blaue Fleck lässt grüßen. An meiner Hüfte scheuert der enge Gurt. Dann krabble ich durch einen schwankenden Tunnel, hangle mich an einer über dem Nichts hängenden Kletterwand entlang und stehe plötzlich vor einem Abgrund. In aller Eile suche ich das Seil, an dem ich rüberklettern kann, aber da ist keins. Dann kapiere ich: Hier muss ich allen Mut zusammennehmen und springen. Erst dann gelange ich auf die nächste Plattform, von der eine kurze Rutsche zu Kara führt. Durch das Laub der Buchen blitzt ihr blonder Pferdeschwanz.

»Kara!«, brülle ich. Sie reagiert nicht. Hört sie mich nicht oder ignoriert sie mich?

Eine Millisekunde, bevor ich einfach springe, schaue ich nach unten. Ein großer Fehler! Meine Schuhspitzen ragen über den Rand der Plattform und darunter ist so viel Abstand zum Waldboden, dass mir schwindlig wird.

Verflixt!

Wenn ich mich nicht weitertraue, muss ich mich auch vor aller Augen von Torve abseilen lassen. Vereint in Peinlichkeit. So hatte ich mir die Versöhnung mit Kara nicht vorgestellt.

»Elaine? Sag was.«

»Da sind nicht mal Krokodile drunter und du bist gesichert. Wie einfach willst du es denn noch haben?«

Bevor mein Hirn die nächste Ausrede parat hat, bin ich über den Miniabgrund drüber und klammere mich leidenschaftlich an einen Buchenstamm. Zwischen mir und Kara liegen jetzt nur noch ein paar Autoreifen, die ich spielend hinter mich bringe.

Das Gesicht, das Kara bei meinem Anblick zieht, spricht Bände. Sie steht am berüchtigten Tarzanschwung. Man hakt sich an einem Seil fest und schwingt sich über einen riesigen Abgrund bis in ein Netz hinein.

»Er kommt nicht«, japse ich, als ich meinen Fuß auf ihre Plattform setze. »Dein Held ist gerade mit seiner Freundin in den Bus gestiegen.«

Entsetzt schlägt sich Kara die Hand vor den Mund. Offenbar weiß sie, wer dann noch übrig bleibt.

»Oh mein Gott, Eichhörnchen! Was mache ich denn jetzt?«

»Springen«, ruft jemand von unten. Die Stimme kommt mir bekannt vor. Jonas, die Pfeife. Ich will gar nicht wissen, wer noch alles dort steht und diesen Augenblick der Peinlichkeit miterlebt.

»Na, du kletterst einfach weiter und erzählst nachher, dass ein starkes Mädchen das ganz allein hinbekommt. Einen Tarzan zähmt man doch nicht, indem man sich ihm in die Arme wirft!«

»Wir sind auf dem zweitschwersten Parcours! Denkst du, ich traue mich da runter?« Sie zeigt auf das Seil.

»Sehe ich aus, als würde *ich* mich das trauen?«

»Wir können uns doch nicht beide von Torve abseilen lassen!«

Ich sehe schon die Fotos herumgehen, von Kara und mir an Torves Brust. Plötzlich muss ich lachen. Es steigt einfach so in mir auf, wie Kohlensäure in einer geschüttelten Flasche. Kara lacht mit und klopft sich auf die Schenkel.

»Kara, das ist schlimmer als der Tag, an dem wir uns in der Kühlkammer eingesperrt haben.«

Oh ja. Daran erinnere ich mich gut. Eine von Karas Tanten hatte mit allem Saus und Braus, den man so beim Heiraten haben kann, geheiratet. Und wir zwei gelangweilten Zehnjährigen haben uns schon ein paar Stunden früher heimlich an die Torten gemacht.

Aus meiner Hosentasche krame ich einen zerdrückten Müsliriegel hervor. »Statt Torte.«

»Langweilig!«, kommt der nächste Kommentar von den Gaffern. Dann das obligatorische »Ausziehen!«

Wir teilen uns den Riegel, dann ist Schluss mit lustig. Schnell umarmen wir uns.

»Nach dir«, sage ich. Schließlich hat sie uns die Suppe eingebrockt.

»Nein, nach dir«, meint Kara bestimmend. Ihr Gesicht ist bleich. »Ich traue mich wirklich nicht.«

Meinem Verstand fällt erst auf, was ich da tue, als meine Füße die Plattform bereits verlassen haben. Ich kreische wie in einem Hollywoodfilm. Über den Adrenalinstoß vergesse ich völlig, mich auf der anderen Seite ins Netz zu krallen und trudle am Seil wieder zurück. Unter mir erstreckt sich ein Meer aus Brennnesseln. Ich ziehe die Füße ein.

»Verflixte Hundekacke!«, fluche ich, weil das so ziemlich das Einzige ist, das mir jetzt noch fehlt.

Unter mir kämpft sich Torve durch das Gestrüpp und wirft mir eine Leine zu, mit der er mich zurück zum Netz zieht. Das gibt meinem Selbstbewusstsein einen kleinen Knick, aber es hätte schlimmer kommen können.

Kara dagegen liefert ab jetzt die große Show: Elegant wie eine Dschungelkönigin schwingt sie sich über den Abgrund. Und auch die restlichen Stationen, die mich das letzte bisschen Kraft in den Armen und Beinen kosten und die mir noch zwei, drei blaue Flecken einbringen, nimmt sie mit einer scheinbaren Leichtigkeit, als würde sie lediglich ein Aufwärmprogramm absolvieren.

Kara ist und bleibt eben Kara.

Das ist auch gut so, denn mit ihrer kühlen, fast schon ein bisschen arroganten Art bügelt sie sämtliche enttäuschten Zuschauer ab.

Sie setzt ihre Sonnenbrille auf und schwebt von dannen wie die personifizierte Rachegöttin aller unterdrückten Frauen.

Die gespielt wütenden Pfiffe der Jungs und das begeisterte Jubeln der Mädchen berühren sie scheinbar nicht. Es dauert einige Minuten, bis ich Kara wiederfinde. Sie hat sich im Kabuff für Mitarbeiter versteckt und hält eine Kaffeetasse in ihren zitternden Händen. Als sie mich sieht, wirft sie sich in meine Arme und quetscht mich so fest, dass ich mir sicher bin, meine Rippen knacken zu hören. Warmer Kaffee tropft auf meinen Arm.

»Kannst du mir jemals verzeihen, Honey?«

Vorsichtig bringe ich meine Arme zwischen sie und mich und nutze die Gesetze der Hebelwirkung, um ihren eisenharten Griff zu lockern.

»Wir haben ganz schön Mist gebaut, oder? Das mit meiner Liste, das ist mir irgendwie aus dem Ruder gelaufen.«

Wir schauen uns an und wissen beide, dass noch nicht alles wieder in Ordnung ist. Die große Versöhnung innerhalb von wenigen Sekunden gibt es nur in Hollywood. Kara schüttelt ihren zerzausten Pferdeschwanz und kichert wieder.

»Ich kenne mich selbst nicht mehr. Was passiert da gerade mit uns?«

»Ich fühle mich als wäre ich aus einem bösen Traum aufgewacht. Weißt du, was ich meine, Kara?«

Kara wird ernst. »Fee, ich hab dich immer unterschätzt und immer nur an mich gedacht.«

In meinem Bauch fühle ich einen schweren Klumpen. »Die Sache mit der Bluse ...«

Sie zieht die Nase kraus »Ich weiß nicht, was da in mich gefahren ist. Vor meinen Augen habe ich dich schon als zukünftige Partykönigin gesehen.«

Verständnislos schüttle ich den Kopf. »Und wenn schon? Dann wären wir gemeinsam durch die Discos gezogen.«

»Was mache ich denn, wenn du nach den Sommerferien nur noch mit Jonas und den ganzen In-Leuten unterwegs bist?« Ihr Klammergriff wird fester. Die ganze, winzige Kara zittert. »Du bekommst eine andere Bluse von mir«, murmelt sie.

»Ich will gar keine Bluse von dir. Hey, ich will endlich wieder meine Kara zurück! Komm, wir gehen zu mir nach Hause und legen uns in den Garten. Lass uns in Ruhe über alles reden. Lord und Lady vermissen dich bestimmt schon.«

Kara quietscht und wedelt mit den Armen. »Oh, die Kitty-kitty-Burmillas!«

Ich lache.

Die Burmillas sind von Karas Auftauchen mehr als begeistert. Ich kenne jedenfalls keinen Menschen, für den sie sich von ihren Plätzen bequemen, um ihn an der Tür zu begrüßen.

Alle Versöhnlichkeit ist jedoch dahin, als Felix Kara sieht. »Hast du es ihr gesagt?«

Karas Gesicht wird knallrot und sie windet sich, als würde sie am liebsten gleich wieder kehrtmachen und aus dem Haus stürmen. Er schüttelt den Kopf, dreht sich um und knallt seine Zimmertür hinter sich zu. So hat er sich zuletzt mit dreizehn verhalten.

»Was war das denn?«, frage ich.

Statt mir zu antworten, schlägt Kara sich die Hände vors Gesicht und fängt an zu heulen. Jetzt verstehe ich gar nicht mehr, was los ist. Sind die zwei zusammen und ich habe es nicht mitbekommen? In den letzten Wochen hat sich meine kleine Welt vor allem um mich gedreht. Trotzdem kann es doch nicht sein, dass ich ausgerechnet das nicht bemerkt haben soll. Kara zittert und hat einen richtigen Weinkrampf. Ich will ihr den Arm um die Schulter legen und sie in den Garten lotsen, aber sie entzieht sich mir.

»Bleib weg!«

»Lass uns wenigstens in den Garten sitzen.«

»Ich bin der schrecklichste Mensch der Welt.«

Mir liegt etwas Tröstliches auf der Zunge, aber ich schlucke es hinunter. Keine Ahnung, was los ist, aber mein Gefühl sagt mir, dass es längst nicht mehr um die Sache mit der Bluse geht.

»Was ist denn passiert?« Ich verknote meine Hände, um ihr nicht die Schulter zu tätscheln oder sie in den Arm zu nehmen.

Sie schaut zwischen ihren Fingern hindurch. Ihre helle Haut ist überzogen mit roten Flecken, ihre Augen sind gerötet und der Ausdruck der schieren Panik, der darin liegt, trifft mich wie ein Schlag. Es geht um mich. Felix ist stinksauer auf sie ... wegen mir.

»Was ist los?«

Kara schweigt und schluchzt.

»Sag's mir! Verflixt, Kara!«

Sie hebt ihren Zeigefinger, dann ihre flache Hand. Ich folge ihr in die Küche, wo sie sich kurz das Gesicht wäscht und die Nase mit Küchenkrepp putzt.

»Ich hätte es dir gleich sagen sollen. Aber dafür hättest du mich heute vom Baum geschubst.«

Meine Gedanken rasen. Fetzen verknüpfen sich zu einem Bild. Karas Eifersucht. Ihre Ankündigung mit dem

Kletterwald. Mateo, der mich in allen sozialen Netzwerken blockiert. Felix' Wut auf Kara ... Ich sehe den Zusammenhang noch nicht, aber es gibt einen.

»Ich habe das Bild gemacht und ihm geschickt. Ich war es. Felix kann nichts dafür.«

Jetzt komme ich gar nicht mehr mit.

»Welches Bild?«

Vor Schreck fällt Kara beinahe um. Sie springt einen Schritt zurück und klammert sich an die Anrichte. »Du hast das Bild noch nicht gesehen?«

Verwirrt schüttle ich den Kopf. Vor Angst krampfen sich meine Eingeweide zusammen.

»Fee, ich ...« Wieder fließen die Tränen. Sie hockt sich hin und weint, während ich steif dastehe und es nicht einmal über mich bringe, ihr ein frisches Küchentuch zu reichen.

»Ich dachte, du bist mir nachgeklettert, weil du es weißt und weil du mir verzeihst«, heult Kara. »Ja, ich habe es an Mateo geschickt. Ich war das.«

»Was für ein Bild hast du Mateo geschickt?«

Plötzlich merke ich, dass Felix hinter mir steht. Hört er schon lange zu? Er hält mir ein Handy vor die Nase.

»Dieses Bild.«

Jonas und ich, bei diesem unglückseligen Date. Wir sitzen am Tisch, hinter dem Baum, als wollten wir uns verstecken. Unsere Gesichter sind ganz nah beieinander. Aus dieser Perspektive sieht es so aus, als würden wir uns gleich küssen.

Ich. Jonas. Küssen. Bäh!

»Den würde ich nicht mal für tausend Euro küssen!

Wenn ich nur daran denke, möchte ich mir den Mund auswaschen.«

»Hast du das Mateo gesagt?«

Jetzt falle ich langsam aus allen Wolken. »Ja, wie denn, wenn er mir aus dem Weg geht und ich nicht einmal weiß, warum eigentlich?«

»Na anrufen, Mail schreiben, Augen aufhalten! Ihm irgendwie zeigen, dass du mit ihm sprechen möchtest.«

»Du hättest mir auch sagen können, dass er dieses Foto bekommen hat. *Er* hätte mit mir über dieses Foto sprechen können.«

Das darf einfach nicht wahr sein. Dieses ganze Drama ereignet sich, weil Kara ein Bild schießt und keiner mir davon erzählt.

Nein!

Ich stürme in den Flur, woraufhin Lord und Lady sehr unelegant die Flucht antreten. Als Felix schaltet und mir hinterherschaut, habe ich bereits meine Schuhe angezogen und bin halb aus der Tür raus.

»Wo willst du hin?«

Ich antworte nicht, sondern ziehe nur die Tür hinter mir ins Schloss.

»Elaine? Ich muss Mateo anrufen. Such mir bitte seine Nummer raus.«

»Na endlich«, sagt sie schlicht.

Während Elaine die Nummer sucht, setze ich mich, genau da, wo ich gerade bin, auf den Gehweg. Einatmen. Ausatmen. Der warme Wind bläst mir eine orangerote Strähne ins Gesicht. Heute ist so ein schöner Frühsommertag. Viel zu schade, um mein Leben in Scherben zu schmeißen. Ein

Tag, einfach perfekt für einen romantischen Abend mit Lagerfeuer am See. Mit Mateo wäre es auch im Regen ein perfekter Tag. Das weiß ich jetzt ganz sicher.

Ich spiele mit der Strähne. Rothaarigen wird doch nachgesagt, frech und furchtlos zu sein. Also los!

Elaine hat die Nummer gefunden und ich drücke auf Rufen.

Mateo nimmt ab. Ich kann seinen Atem hören. Er weiß, wer dran ist.

»Hallo«, wispere ich. Der Anflug von Kühnheit ist längst verpufft.

Nach einer gefühlten Ewigkeit räuspert er sich. »Ja?«

»Ich muss mich bei dir entschuldigen.«

»Ja.«

»Das mit dem Foto ...«

»Dafür nicht, das hat jemand anderes gemacht.«

Ich schlucke. »Ich war echt so blöd, ich dachte, ein Treffen mit Jonas würde irgendetwas an meinen Gefühlen ändern.«

Der räuspert sich wieder. »Was hat dieses ... *Gespräch* denn ergeben?«

»Dass ich eigentlich schon vorher wusste, dass er ein selbstverliebter Idiot ist. Außerdem bin ich auch nicht besser, weil ich so lange nicht kapiert habe, dass du ... dass ich ...«

Ich kann seinen Atmen hören. Schließlich bricht es aus mir heraus: »Ich würde mit dir im Regen sitzen und den Regen vergessen.«

»Kennst du die Bank hinter der Gärtnerei?«

Ja klar kenne ich die. Sehr romantisch und versteckt. Dort blockiert ein kleines Wehr den Fluss. Die Kajakfahrer müssen hier ihre Boote aus dem Wasser heben, am Wehr vorbeitragen und dann wieder in den Fluss setzen. Und weil sie bei der Gelegenheit oft Pause machen, gibt es dort eine Bank.

»In zehn Minuten kann ich da sein.«

Er legt auf.

Mir bleibt gar keine Zeit mehr, aufgeregt zu sein oder mir einen Schlachtplan zurechtzulegen. Meine gesamte Konzentration brauche ich dafür, mit Höchstgeschwindigkeit durch die Stadt zu flitzen. Trotzdem bin ich eine Viertelstunde lang unterwegs. Hoffentlich ist er noch da, hoffentlich wartet er auf mich!

Mein Rad fliegt einfach in die Böschung, wo ich es später aus den Brennnesseln klauben muss. Völlig egal!

Ich sprinte die Stufen hinunter und atme auf: Mateo steht neben der Bank, auch sein Fahrrad liegt achtlos im Gras.

Erst als ich einen knappen Meter von ihm entfernt bin, bremse ich ab und erstarre. Mateos Blick haftet an meiner Brust.

»Oh. Du bringst mir mein Shirt zurück?«

Ich trage noch immer sein grünes Shirt, bei dem ich mir einbilde, sein Geruch würde noch in den Fasern hängen. Dazu eine bequeme, aber mäßig schicke Shorts und einen lockeren Zopf, aus dem gefühlte tausend Strähnen heraushängen und an meinem verschwitzten Gesicht kleben. Wenn ich mir seine staubigen Sachen anschaue und die verkratzten Knie, hatte er wohl auch keine Zeit, um sich stadtfein zu machen.

»Ich gebe es zurück, wenn es gewaschen ist.« Ein Grinsen schiebt sich auf mein Gesicht.

»Spaß beiseite.« Er seufzt. »Was soll der Unsinn mit Jonas, Fee?«

»Ich hab ihn nicht geküsst!«, platze ich heraus.

»Aber ich verstehe nicht, was du dir von diesem Spielchen erhoffst.«

»Ich dachte, ich weiß, was ich will, obwohl mein Herz mir die ganze Zeit etwas anderes gesagt hat.«

Ich fühle mich von einer großen Last befreit. Die Leere ist weg. Dafür steckt ein pochender Magnet in meiner Brust, der mich unaufhaltsam zu ihm hinzieht. Ich mache einen Schritt vorwärts. »Als emanzipiertes Mädchen sollte ich dich jetzt küssen, oder?«

»Hast du doch schon.« Er beugt sich vor und öffnet seine Arme.

Halb stolpere ich hinein, halb zieht er mich zu sich. Sein Griff ist beinahe etwas unsanft. In seinen Schokoaugen sehe ich die gleiche Ungeduld, die mich dazu treibt, mich an ihn zu schmiegen, bis kein Blatt mehr zwischen uns passt. Zwischen Kuscheln und Festhalten treffen sich unsere Lippen. Erst ein wenig ungeschickt, weil wir unsere Arme irgendwie sortieren müssen. Dann passt endlich alles. Mein ganzer Körper steht unter Strom. Mein Verstand taumelt wie ein betrunkener Schmetterling. Selbst dass eine Gruppe Kajakfahrer ihre Boote an uns vorbeischleppt, merke ich erst, als ich ein Boot in die Wade gerammt bekomme – es ist mir vollkommen egal.

Neues aus Fees fabelhaftem Atelier:

Liebe Kreative!
  Dies ist mein letztes Video.

*

Ich richte die Kamera etwas. Wahrscheinlich wird das Video fürchterlich unscharf, das Licht ist nicht besonders gut. Felix und Mateo stehen neben der Kamera und leuchten mich mit Taschenlampen an. Hinter meiner linken Schulter flackert ein gemütliches Lagerfeuer, über dem die ersten Stockbrote garen. Dort sitzen Kara und Paul, die so verliebt turteln, dass ihnen sicher schon das Brot angebrannt ist. Ich bin so froh, dass wir uns wieder versöhnt haben.

*

Es hat viel Spaß gemacht, zusammen mit euch Sachen zu entwerfen, und dabei sind echte Unikate entstanden. Trotzdem werde ich die alten Videos löschen. Stattdessen gibt es ab nächste Woche einen Zeichenkurs von mir. Wie einige von euch vielleicht schon wissen, zeichne ich und ich werde mich in Zukunft viel stärker darauf konzentrieren. Ich hoffe, ich sehe euch dann wieder.

*

Felix und Mateo lächeln aufmunternd. Ich schaue stur in die Kamera und spreche weiter.

*

Ab dem Herbst findet ihr auch regelmäßig Illustrationen

von mir bei *YoungFashionHeroes*. Und auf meiner eigenen Homepage startet bald ein Webcomic mit dem Namen *Elaine*. Lasst euch überraschen.

Bleibt kreativ und gut gelaunt,
eure Fee

Die Kamera ist aus. Felix wuschelt mir durch das Haar wie bei einem kleinen Kind. »Gut gemacht, Schwesterchen.«

Ich strecke ihm die Zunge raus.

Mateo jagt ihn mit einem gespielten Tritt davon. »Lauf, du Laufbursche, und hol uns was zu essen! Wir sind beschäftigt.«

Felix wirft Küsschen in die Luft und verzieht sich.

Von hinten umarme ich Mateo und schmiege mich an seinen Rücken. »Der taucht garantiert gleich wieder mit Tellern auf und stört.«

Mateo zuckt mit den Schultern. Dann watscheln wir im Gänsemarsch die paar Schritte zum Feuer. Er dreht sich in meinen Armen um und zieht mich näher zu sich heran. »Ist doch praktisch. Dann können wir uns auf die wichtigen Dinge konzentrieren.«

Ich lache und hebe den Kopf. Seine Größe ist perfekt. Groß genug, damit ich mich in seine Halskuhle kuscheln kann.

Mit dem Zeigefinger zieht er mir eine Strähne aus dem Zopf und hält sie mir vor die Augen. »Wusstest du, dass Rothaarige besonders frech sein sollen?«

Ich nicke. »Besonders, wenn sie bei zwei Burmilla-Katzen in die Lehre gegangen sind.«

Schnell hebe ich mich auf die Zehenspitzen, um ihm besser in die Augen zu sehen. Für einen winzigen Moment versinken wir im Blick des anderen. Vor Kurzem hatte ich noch gedacht, man könnte die Welt gar nicht anhalten.

Dann küssen wir uns und die Zeit steht still.

Dieses Werk wurde vermittelt durch die
Literaturagentur Schmidt & Abrahams
www.schrift-art.net

Boos, Marina:
App ins Glück
Installieren – Herz verlieren
ISBN 978 3 522 50431 7

Einbandgestaltung: Maria Seidel unter Verwendung
von Motiven von Thinkstockphoto
Innentypographie: Eva Mokhlis
Schriften: FFScala/Stafford
Satz: KCS GmbH, Stelle/Hamburg
Reproduktion: HKS-Artmedia GmbH, Leinfelden
Druck und Bindung: CPI – Ebner & Spiegel, Ulm
© 2014 by Planet Girl Verlag
(Thienemann-Esslinger Verlag GmbH), Stuttgart
Printed in Germany. Alle Rechte vorbehalten.

5 4 3 2 1°   14 15 16 17

Neue Bücher entdecken, in Leseproben stöbern, tolle Gewinne
sichern und Wissenswertes erfahren in unseren Newslettern für
Bücherfans. Jetzt anmelden unter www.planet-girl-verlag.de

www.marinaboos.de

Für die Freiheit der Geparden

Marina Boos
Die Nacht der Geparden
256 Seiten
ISBN 978-3-522-50328-0
Auch als E-Book erhältlich

Als Mia in Namibia landet, erwartet sie nichts als brennende Hitze. Ihr Bruder Markus, der hier seit Jahren verzweifelt für das Überleben der Geparden kämpft, ist verschwunden und steht unter Mordverdacht. Unzählige Gefahren lauern in der Wildnis, während Mia im Schutz der Nacht Beweise für die Unschuld ihres Bruders sucht. Ihr einziger Verbündeter ist Alex, der Sohn eines gewissenlosen Raubtierjägers. Kann sie ihm wirklich trauen?

www.planet-girl-verlag.de

Best Friends Forever –
Die neue Mädchenserie

Bianka Minte-König
Best Friends Forever
Du & Ich – für immer?
240 Seiten
ISBN 978-3-522-50425-6
Auch als E-Book erhältlich

Hilfe, der 13. Geburtstag steht kurz bevor! Und Motzi ist immer noch ungeküsst. Sie würde glatt durchdrehen, wäre da nicht ihre BFF Miss Sofie! Zum Glück hat die für jede Lebenskrise einen guten Tipp – auch wie man an die besten Jungs rankommt. Doch ihre Freundschaft wird auf eine harte Bewährungsprobe gestellt ...

Hortense Ullrich
Best Friends Forever
Luca & Vanessa: Plötzlich Schwestern!
240 Seiten
ISBN 978-3-522-50426-3
Auch als E-Book erhältlich

Als Lucas Vater noch einmal heiraten will, bekommt sie eine gleichaltrige Schwester: Vanessa. Die Eltern hoffen, dass die Mädchen beste Freundinnen werden, doch die beiden könnten nicht unterschiedlicher sein. Doch werden sie, wenn es hart auf hart kommt, füreinander einstehen?

www.planet-girl-verlag.de

Goodbye Deutschland – Entdecke Milas neue Welt!

planet girl

Bianka Minte-König
Milas Ferientagebuch: Mallorca
Band 1 · 240 Seiten
ISBN 978-3-522-50303-7

Wahnsinn! Ein Schreibcamp auf Mallorca! Besser hätte sich Mila ihre Sommerferien nicht vorstellen können. Klar, dass sie in ihrem Tagebuch viel zu berichten hat: über ihre spannenden Erlebnisse auf Mallorca, ihre Freundinnen ... und natürlich die Liebe!

Bianka Minte-König
**Milas Ferientagebuch:
Paris**
Band 2 · 240 Seiten
ISBN 978-3-522-50319-8

Bianka Minte-König
**Milas Ferientagebuch:
Berlin**
Band 3 · 240 Seiten
ISBN 978-3-522-50384-6

PLANET GIRL
Meine Welt voller Bücher!

www.planet-girl-verlag.de